BBN
B•BOY NOVELS

丸の内の最上階で恋したら

摩天楼の夜

桂生青依

イラスト／小禄

この物語はフィクションであり、実際の人物・団体・事件等とは、一切関係ありません。

CONTENTS

マルコイ

登場人物紹介

ファハド・ビン・アル＝ムハンマド・ビン・ザイード

Age:22歳
Height：187cm
Blood： B型
原油産出国ジャミル王国の王子。王族ゆえに傲岸不遜で享楽的。遠慮というものがない。和菓子好き。

鷹《たか》守《もり》瑛《えい》一《いち》

Age:28歳
Height:182cm
Blood:AB型
外資系総合商社のエリートビジネスマン。自信の塊で常に上から目線。ウジウジした人間が大嫌い。

星《ほし》川《かわ》瑞《みず》貴《き》

Age:19歳
Height:168cm
Blood:O型
抽選に当たり、丸の内ラダーのシェアハウスに住むことになった貧乏美大生。素直でまっすぐな性格。

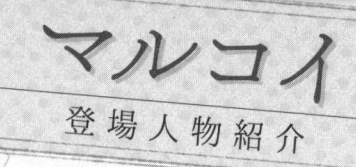

丸の内ラダーのシェアハウスの住人たちをご紹介♥

名《な》久《く》井《い》智哉《ともや》

Age:28歳
Height:172cm
Blood:A型
丸の内ラダーの1階にある人気パティスリー『Jacob's《ジェイコブズ》 Ladder《ラダー》』のオーナー兼チーフパティシエ。優しげな外見に反して、実は気が強い。

真岐《まぎ》周《いたる》

Age: 35歳
Height:184cm
Blood:O型
通称"ヌシ"。シェアハウスの大家兼丸の内ラダーのオーナー。豪快、無精、ヘビースモーカー。実は世界屈指の投資家。

永《なが》尾《お》一《かず》博《ひろ》

Age:28歳
Height:175cm
Blood: A型
都内総合病院の勤務医。クールビューティで他人との接触を好まない潔癖症。

Illustration：小禄

【シェアハウス間取り図】

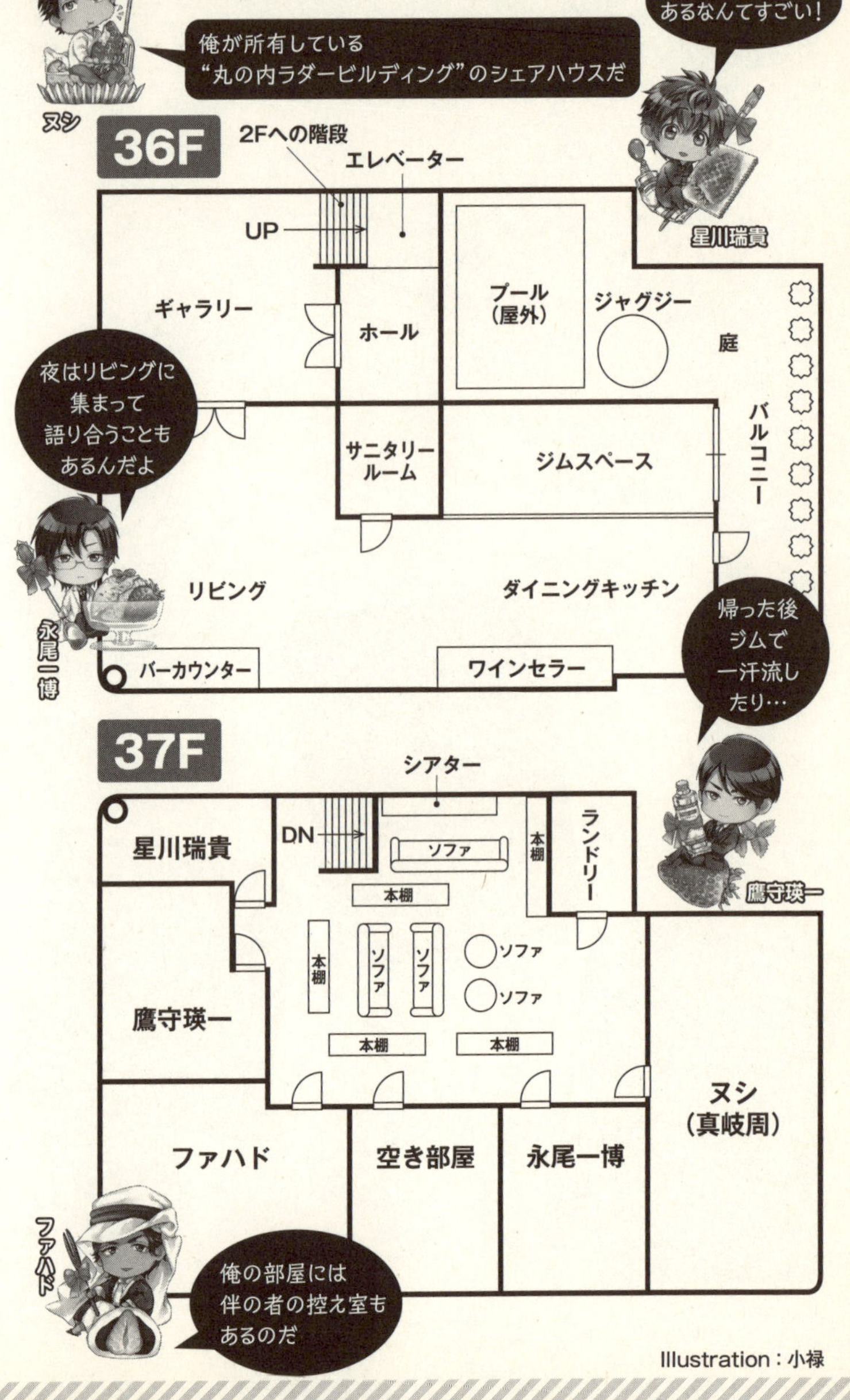

Illustration：小禄

丸の内の最上階で恋したら 摩天楼の夜

世界有数のオフィス街、丸《まる》の内《うち》の中でも燦然《さんぜん》と輝く高層ビル『丸の内ラダー』。

その上層階にひっそりとあるシェアハウスのリビングで、名久井智哉《なくいともや》は自身が作り「手みやげに」と持ってきたケーキを、今にも食べようとしている男たちを静かに見つめていた。

今日から一緒に住むことになったこの四人は、果たしてどんな反応をするだろうか。

広い広いリビングの柔らかな革のソファに身を沈め、落ち着いた顔のまま、しかし内心は興味深く思いつつ眺める。すると、

「美味しい！」

まずは、屈託のない素直すぎるほど素直な賞賛の声が上がった。

先刻『星川瑞貴《ほしかわみずき》です』と名乗った美大生だ。他の三人に比べれば著《いちじる》しく庶民的な彼だが、素直な性格が皆に好かれていそうなことは、一目でわかった。

そんな星川の隣に座っている鷹守《たかもり》は外資でバリバリ働くサラリーマンらしく隙がない。

智哉の右手のソファに座る永尾《ながお》は医師らしく凛《りん》とした佇まいだ。

そしてそのソファの肘掛けに腰を預けるようにして寄りかかっているファハドはといえば、なんと正真正銘の王子。

三人とも、タイプは違うが目立つ男たちだ。智哉がそう思っていると、

「美味《うま》いな」

しみじみとした口調で、鷹守が言った。

「風味がいい。オペラは好きでよく食べるが、これほどカカオの香りが芳醇《ほうじゅん》なものは初めてだ」

すると、王子のファハドが頷《うなず》いた。

「ああ――わかるよ。このタルトもたくさんのベリーが乗ってるのに、それぞれの持ち味が活《い》きてる。俺はどちらかといえば和菓子が好きだが、これは美味い」

「このマドレーヌもバターのコクとバニラの香りの濃厚さが癖になりそうですね。食べすぎてしまいそうだ」

それに続けて頷きながら言う永尾の言葉に、智哉は一層微笑んだ。

パティシエとしての自分の腕には誇りを持っているから、「美味しい」と言わせる自信もあった。しかもこの同居人たちは、どうやら全員「味のわかる」面子《メンツ》のようだ。

これだけ的確に批評してもらえるなら、彼らに試食を頼むのもいいかもしれない……。

二つ目の菓子に手を伸ばしている四人を見つめながら胸の中でひとりごちると、智哉は目を細めて言う。

「みなさんのお口に合ってなによりです。これからは週に二、三度持って帰りますから、どうぞ召し上がって下さい。それから、もしかしたら試食もお願いするかもしれません。そのときはよろしくお願いします」

「えっ、試食⁉」

「はい。新製品を作るときの、その試食を」

「うわあ、やったあ！　『Jacob's Ladder《ジェイコブズラダー》』のものが早く食べられるなんてすっごく嬉しいです！」

「お前、本当に嬉しそうだな。少しは遠慮しろよ」

「だっ、だって」

声を上げた星川を鷹守がからかうように窘《たしな》める。周りも笑っているから、いつもこんな調子なのだろう。

智哉もそれに合わせるように、にっこりと微笑んだ。

◆

智哉は、現在二十六歳。パティシエをしている。他でもない、このビルの一階にある『Jacob's Ladder』こそが、それまでパリで活躍していた彼が日本に開店した初めての店だ。

智哉はその開店に際し、去年、フランスから日本に帰ってきたばかりだった。

今までは港区《みなとく》のマンションに住んでいたのだが、もう少し店に近い場所に住みたいと思い始めた時期に重なるように、周囲でどうも気持ちの悪いことが増え、知人を頼ってここに引っ越したのだ。

まさかこの超高層ビルの上階に、こんなシェアハウスがあるとは思っていなかったが、コンシエルジュ付きで、住人はオーナーが選《え》りすぐった人物のみのシェアハウス、と申し分ない。

(あとはオーナーをはじめとした同居人たちとの関係だけだ……)

「適切な」距離感を保つことを忘れないようにしなければと思っていると、

「荷物はもう運び入れたんですか」

焼き菓子を食べながら、永尾が尋《たず》ねてくる。

知的さと落ち着きを感じさせるいい声だ。智哉は「はい」と頷いた。

「昼間のうちに済ませました。片づけはまだですが、それはおいおいやっていこうと思っているので」

「もし人手が必要なら言って下さいね。僕、なんでも手伝いますから」

早くも四つ目のケーキを食べ終えた星川が、元気に言ったときだった。

「はー……つっかれたぁ」

コツンと靴音がすると同時に大きな声が聞こえ、直後、一人の男が姿を見せた。

スーツ？　いや、タキシードだ。

恐ろしく似合っている。上背があって、しっかりと胸元に肉が付いているからだろう。しかも姿勢がいいから、服に着られている様子が全くない。綺麗《きれい》に撫でつけられた髪は黒々として美しく、それでいて決めすぎに見えないのは、男の表情に愛嬌《あいきょう》があるからだ。

少し下がった目元がセクシーだ。

思わず目を奪われていると、

「珍しい格好だな、ヌシ」

どこか驚いたように、そしてからかうようにそう言った鷹守の声を皮切りに、次々声が上がる。

「お帰りなさい。パーティー…ですか？」

「お疲れの様子だな、イタル」

と、口々に声がかかる。声を上げなかったのは、初めてのものを見るようにぽかんとしている星川ぐらいだ。

智哉は慌てて、ソファから腰を上げた。

限られた者しか入れないというこのシェアハウスに当然のように入ってきたことと、ファハドが口にした「イタル」という名前から、遅ればせながら、彼がこのシェアハウスの、そしてこのビルのオーナーで世界的な投資家の真岐《まぎ》周《いたる》だとわかったためだ。

「はじめまして、今日からお世話になる名久井です」

近づき、名乗り、笑顔で手を差し出す。

何はともあれ、この男とはしっかりとした関係を築いておかなくては。

だが。

一体どうしたのか、真岐は智哉の手を握り返そうとはせず、ただじっと見つめてくる。

探るように――不思議そうに。

何かおかしいだろうか。

智哉が困惑に微《かす》かに眉を寄せたときだった。

「えっ!?」

頬に、真岐の手が伸びてくる。逃げる間もなく触れられ、智哉は上擦《うわず》った声を上げていた。

さらりとした感触が、頬を撫でる。

だが次の瞬間、そこをむぎゅっと抓《つね》られ、智哉は慌てて飛び退いた。

「な、なにするんですか!?」

「社長！」

そのとき、真岐の後ろから声がした。

見れば、スーツ姿の男が鞄《かばん》や書類を持って慌てたようにやってくる。入居の面接のときに会った男だ。確か、真岐の秘書をしているという遠藤《えんどう》。彼は真岐と智哉を見比べると、訝《いぶか》しそうに真岐を見る。

「社長？　どうなさったんですか？　こちらは今日から入居の名久井さまです。お知らせしていたはずですが」

「ああ――うん」

「面接はわたしが致しましたが、お写真などは送っていたと――」

「見てなかった。お前に任せてたら間違いないと思ってたんだ」

怪訝《けげん》そうに続ける遠藤に、真岐は言う。だがその最中も、じっと智哉を見つめてきたままだ。

さすがに「何か変だ」と智哉が思ったとき。

「悪かったな、びっくりさせて」

真岐は苦笑すると、そう言った。

「昔の知り合いに似てたんだ。だから、びっくりした。こんなところにいるはずないんだが、あんまり似てたから――夢じゃないかと思って、ちょっとな」

そしてもう何ごともなかったかのようにははは、と笑う真岐に、智哉は絶句する。

数秒後、憤《いきどお》りがふつふつと湧いてきた。

ということは、この男は、普通なら自分の頬でやるはずのことを人の頬でやったということか。

初対面の自分に。

（なに考えてるんだ）

変人にもほどがある。

だが、その思いを顔に出すわけにはいかない。なにしろ、相手は大家なのだ。しかも、知人に紹介してもらった物件。初日で揉めるわけにはいかない。

智哉は自分にそう言い聞かせると、真岐を見つめ、にっこりと微笑んだ。笑顔は得意だ。外国にいたころから、この笑顔も武器の一つだったから。

しかし智哉が「大丈夫ですよ」と言うより早く、

「でも、違ったみたいだ」

真岐が小さく肩を竦めながら言った。

「あいつは、お前みたいな笑い方はしなかったよ」

「!?」

……どういう意味なのか。

しかもいきなりの「お前」呼ばわり。

智哉はまたいらっときたものの、仕方なく微笑んだまま言った。

「ところで、よかったらこれ、召し上がりませんか。お近づきのしるしです。来週から発売のものなんですけど、みなさんに食べていただこうと思って、一足先に持ってきたんです」

「へえ、美味そうだ」

するとと真岐はおもむろにケーキを摑んで口に運ぶ。

直後、その表情が一瞬でとろけた。

「美味いな！　これ！」

素手で、しかも二口で食べ終えた真岐に、智哉は声をなくす。真岐は「美味いな」と繰り返すと、屈託のない、子どものような笑みを振りまく。さっきは智哉の仮面を見透かすように、ズバリと切り込んできた男。なのに今度はこんなまっすぐな笑顔を向けられると、戸惑ってしまう。

「あ、ありがとうございます」

智哉は、ぎこちなく礼を言った。

パティシエとして、今まで数限りなく賞賛されてきたのに、どうしてか上手く返事ができない。

動揺を誤魔化《ごまか》すようににっこりと微笑むと、

「じゃあそろそろ部屋に戻ります。荷物の整理があるので。これからどうぞよろしくお願いします」

そう言い置いて、足早に部屋へ戻る。

ドアを閉めると、大きく溜息をついた。

ああいう距離感のわからない男が一番苦手だ。しかし相手は大家。機嫌を損ねるのは得策じゃない。

なんとか上手くやっていくしかない。

今まで同様、笑顔の仮面で、乗り切るのだ。

パリで名前が知られるようになり、新進気鋭のパティシエとしてマスコミにも取り上げられて、ついに日本に凱旋《がいせん》してきた。

ここが正念場。他のことを考えている暇なんかない――。

智哉は改めて自分にそう言い聞かせると、ベッドから腰を上げ片づけに取りかかった。

◆

「よーしっと……」

そしてどのくらい経《た》っただろうか。

時計を見れば、もう一時近い。明日も早朝から仕事がある。そろそろ寝なければ。

だが、身体を動かしたせいで気持ちも高ぶってしまったのか、なんとなくまだ眠る気になれない。

少し考え、智哉はそっと自室のドアを開けた。暗い。誰もいないようだ。そのまま部屋を出ると階下へ向かう。そこも暗くなっている。もういい時間だからか、みんな自分の部屋へ戻っているようだ。

智哉はふっと息をつくと、ギャラリーの電気をつけた。来たときはあまり見る時間がなかったが、じっくりと見てみたいと思っていたのだ。

「へえ……」

さっきは通り過ぎただけだったが、よく見ればモダンな造りに似合った趣味のいい絵や彫刻が置かれていて、お洒落《しゃれ》でありつつもほっとできるいいスペースになっている。

オーナーの趣味なのか抽象画が多いが、中には素朴なデッサンもある。好きなものを好きなように並べた、という感じだが、それが味がある。悪くない。

そのままリビングとダイニングを抜け外へ出ると、夜の風が頬を撫でた。

心地好い。

「こんな一等地に、こんなでかいビル…しかもシェアハウス、か……」

眼下には、東京の夜景が広がっている。煌《きら》びやかで、眠らない街。その華やかさと美しさをこんなに間近で感じられている。

零《こぼ》れる宝石のような光。

だがそうして眺めていると、思い出のパリの夜景が——「あのころ」見ていたパリの夜景が不意に目の奥に蘇《よみがえ》り、胸の中に冷たい風が吹く。

（ロラン——）

智哉は思わず胸を押さえた。

たった一人、好きになった人。記憶の中の彼の声が、手の温かさが胸を疼《うず》かせる。同じ店で腕を磨き、競い合い、一緒に食べて、眠って、未来を語り合って、夢を見て微笑み合った。毎晩、毎日、時間を惜しむようにお互いのことを求め合い、想いを伝え合った。

楽しかった。幸せだった。

なのに——。

智哉は唇を噛んだ。

なのに、そんな幸せだった時間はもう戻らない。まるで夢だったかのように跡形もなくなってしまった。

いつからだっただろう？　彼が側《そば》から離れなくなったのは。菓子の話よりもデートの話ばかりするようになったのは。智哉が一人で出かけるのを嫌がるようになったのは。智哉が周囲から褒められるのを嫌がるようになったのは。

一緒に夢に向けて走っていると思っていた。けれどいつの間にか彼は恋に嵌《はま》り、動けなくなっていた。

なのに気づけなかった。

そして結局――彼は自分で自分の身体を傷つけて、夢を諦めて田舎へ帰った……。

もう何年も前のことを昨日のことのように思い出し、智哉はきつく眉根を寄せる。

あの日から、自分も恋を捨てた。恋は夢を蝕《むしば》むとわかってから、恋は捨てた。残っているのは、ドルチェに対する情熱だけ。変わっていないのはそれだけだ。

だが、後悔はしていない。

智哉は潤みかけた瞳でキッと夜景を見据えると、自分に言い聞かせるように胸の中で呟く。

悔やんでなんかいない。ロランとのことも、それ以降、自分が選んできた生き方も。

繰り返し繰り返し、そう呟いていたとき。

「?」

不意に他人の気配を感じた。

振り返ったその途端《とたん》、

「うわっ」

目に飛び込んできた光景に、智哉は思わず声を上げていた。

そこには、腰にタオルを巻いただけの、ほぼ全裸の真岐の姿があったのだ。

「ま、真岐さん!?」

「よう。悪い、なんか声、かけそびれて」

「声、って……その格好は……」

「ジャグジー使ってたんだよ、そこの。気持ちいいぜ、お前も使えよ」

そして真岐は、立てた親指でクイと背後を指す。どうやら、L字になっているベランダの向こうにあるジャグジーを使っていたようだ。

それにしても、その格好ではまるっきり風呂代わりではないか。

啞然《あぜん》とする智哉に対し、真岐は悪びれない様子だ。仕方なく、智哉も「そうですね」と、無理矢理笑顔を見せた。

「いつか機会があれば使わせていただきます」

そう続けると、さりげなく部屋へ戻ろうとした。誰かと話したい気分ではなかったからだ。

なのに真岐は、そんな智哉の気を知ってか知らずか、微笑んだまま話を続けてくる。

「ところで、ここでなにしてたんだ。景色でも見てたのか」

「え――ええ、まあ。引っ越したばかりなので寝つけなくて」

早く部屋に戻りたいと思いつつ当たり障《さわ》りのない答えを返すと、

「パリとどっちが綺麗だ?」

不意に尋ねられる。

智哉はぎくりと彼を見つめ返した。

まるで胸の中を覗《のぞ》かれたような気がしたのだ。言葉に詰まる。だが考えてみれば、心の中なんか覗かれるわけがない。真岐は単に、智哉がパリにいたことを知っているから、パリの名前を出しただけだろう。

智哉は気を取り直すと、「どっちも綺麗ですよ」と笑顔で言った。

お世辞でなくここからの夜景は美しいし、パリの夜景もまた、趣《おもむき》がある。

だが、そう応えた智哉の顔を、なぜか真岐はじっと見つめてくる。目を見て話すのが当然の外国で生活していた智哉でも、ちょっと不躾《ぶしつけ》に感じるほどの視線だ。

「あの……」

堪《たま》らず、智哉は口を開いた。

「僕の顔に何かついてますか。それとも、そんなに似てるんですか」

「ん？」

「その…真岐さんが仰《おっしゃ》っていた、僕と似ているっていう方とです。今、じっと見られていたので」

「ああ……」

すると、真岐は大きく息をついて苦笑した。

「悪い。ついまた見てたんだな」

そして苦笑したまま濡れた髪をかき上げる。改めて智哉を見つめてくると、「似てるよ」と笑った。

「こうして見ても双子かと思うほどだ。顔の造りはそっくりだよ。ただ、似てるのは造りだけだ。あいつはもっと正直で素直な奴だったからな」

「それ、僕は素直じゃないってことですか」

思わぬ真岐の言葉に、智哉は些《いささ》か憮然としながら言う。

ここで揉めるのは得策じゃないとわかってはいたが、初対面でそんな風に言われていい気分のはずがない。

「会ったばかりなのに……」

しかし返ってきたのは「ああ」という返事だ。智哉は息を呑み、真岐を見つめる。

真岐は不思議なほど静かに見つめ返してくると、穏やかな笑みを湛《たた》えたまま続ける。

「会ったばかりでも、そういうのはわかるだろ。お前の笑顔は『上手な笑顔』だ」

「！」

「自覚あるだろ」

追い打ちをかけるように言われ、智哉は言葉をなくす。そのうち、警戒心が高まってきた。

いったいなぜ、どうしてそんなことを言われなければならないのか。

今日会ったばかりの、こんな男に。

智哉はいつしか睨《にら》むようにして真岐を見つめる。

敵だ。この男は。

遠慮なく人の中に踏み込んでこようとするタイプの男。仕事だけしていたい自分にとって危険な男だ。

智哉はそう決めると、もう猫を被るのは止めだとばかりに真岐を見据え、「ええ」と頷いた。

「ええ——自覚はあります。ありますよ。笑顔で愛想良くすることも仕事のうちですからね。僕自身は決してその傾向に賛成というわけではありませんけど、今は作り手のキャラクターもブランド価値の一つになってますから」

「なるほど」

「それに、僕はこのシェアハウスに新たに加えてもらう立場なんです。少々愛想良くふるまったところで、それは大人の社交術の一つだと思いますが」

「……」

「とはいえ、僕の笑顔が全て作り笑顔のように言われるのは心外です。美味しそうに食べてもらえれば本当に嬉しいものですから」

「ああ、あの菓子な。みんな甘い物好きだから、これからも楽しみだ」

「ありがとうございます。期待は裏切りませんよ」

自信たっぷりに、智哉は笑う。

そう。期待は裏切らない。この仕事は自分の全てだ。ここに越してきたのもそのためだ。

智哉は言うだけ言うと、踵《きびす》を返す。しかし立ち去ろうとしたそのとき、

「んじゃ、これから俺の前で作り笑いはナシな」

「!?」

聞こえてきた言葉に、驚いて足を止めた。眉を寄せた視線の先で、真岐は微笑んで続ける。

「もう必要ないだろ。お前もこうしてネタばらししたんだし。他の奴らの前でも必要ないぜ。仕事中と違ってサービスすることはないんだ。だからここではリラックスしてろ」

真岐は穏やかに言うが、智哉はますます眉を寄せてしまう。

だがややあって諦めの息をつくと、

「わかりました。じゃあもう遠慮はしません」

智哉は笑顔で言った。

直後、瞳に力を込め、睨むように真岐を見つめる。

「だからついでに言わせてもらいますけど、僕はあなたのような人は嫌いなタイプです。人のことにずけずけ立ち入ってきて」

出て行けと言われるならそれでもいい。

それよりもこれ以上踏み込まれるほうが嫌だ。

――そう思って。

しかしそんな智哉に返ってきたのは、

「いい声じゃねーか」

面白がっているような真岐の声だった。

「そういうののほうがいいぜ。ずっとそうしてろ。あと、ケーキごちそうさん」

そして楽しそうに手を上げて去っていく真岐の様子に、智哉は戸惑いが隠せなかった。

◆　◆　◆

表向きは華やかで優雅な仕事ほど、裏に回れば地味で忙しないものだ。パティシエの仕事もそれは同じ。

「はい、これいいよ、出して。置く場所が変わってるから気をつけて」

「はい」

「コルネポワールはどこまでいってる？」

「あとグラサージュだけです」

「わかった」

開店前は、一日の中でも特に忙しい時間だ。

智哉をはじめとした三人のパティシエで全ての製品を素早く、しかし丁寧に思いやりを込めて作っては、販売担当のスタッフに並べてもらう。

いつも同じような作業でも、毎日少しずつ違い、気が抜けない。智哉は毎朝一番に――午前五時には店に来ているが、ビルの上にあるシェアハウスに住み始めて遙かに楽になった。一度この楽さに慣れてしまうと、もう他には住めない気がする。

(これであのオーナーが静かなままでいてくれるなら完璧なんだけどな)

引っ越してから一週間。

最近は仕事が忙しいのか姿を見ていないものの、引っ越してきた当日や翌日にやたらと話しかけてきた真岐を思い出し、智哉は顔を顰《しか》める。

ずっとあんな調子だと、参ってしまう。我が儘《まま》なのは百も承知だが、こっちは仕事に集中したいのだ。もちろん最低限の分担やコミュニケーションはするが、必要以上に絡まれるのはごめんだ。

頼むからこのまま大人しくしていてくれ、と思っていると、

「名久井さん、『スタイル』の西川《にしかわ》さんから電話なんですが……」

電話に出ていたスタッフの一人が、控えめに声をかけてきた。『スタイル』と言えば、今日取材の予定が入っていた雑誌だ。

何枚も写真を撮られ、「イケメンパティシエ」の肩書き付きで雑誌に出ることに抵抗はあるものの、これも仕事だ。真岐にも話したようにパティシエのキャラクターも大切だし、他にも、店の雰囲気、パッケージと、気にすることを上げていけばきりがない。

特に、日本に店を出して半年というこの期間は、まさに店のイメージが出来上がる時期だ。どんなことにも取り組まなければならない。

だがまだ開店前のこんな時間にどうしたのだろう？　不思議に思っていると、

「今日の取材、二時じゃなくて三時からに変更したいんですが、とのことなんですけど、どうしますか」

スタッフの女性はさらに控えめに言う。

このごろ取材づいているものの、ほぼ毎回時間が遅れるからそれを気にしているのだろう。智哉は彼女を安心させるように微笑むと、「いいよ」と返事をした。

正直言えば、スケジュールが乱れるのは痛い。けれど彼女のせいではないのだし、仕方がない。智哉は今日の予定を修正しながら、小さく溜息をついた。本当なら、夕方に一時間ほど纏まった時間を取って、新製品について考えたかったのだが……。この分では無理そうだ。

現在、智哉はこの春の新製品について悩んでいた。

店では月に一度、ケーキや焼き菓子で新製品を出している。定番ものは定番もので提供しつつ、新しいものと入れ替える試みをしているのだが、今回はそれらに加え、もう一つ何かインパクトのある、この店の特徴を出せるものを作れないかと考えている。商品にパッケージに……とにかく、店の代名詞になるようなものだ。

これは東京に店を出してからというものずっと考えていたことなのだが、なかなかいいアイディアは浮かんでこない。手を動かしてみようと試作品を作っても、やはりイメージが固まっていないと出来映えは今ひとつで、未だ満足のいくものはできていなかった。

だから本当なら、その製作に役立ちそうな資料を読み、じっくり考えたかったのだが。

その時間は別に捻出するしかない。

(あるかな、そんな時間)

智哉は顔を曇らせる。だがそうするしかなかった。

◆

店の電気を落とし、通用口を出て鍵を閉めると、智哉は帰宅の途《と》についた。専用の鍵でエレベーターに乗り込み一人きりになると、緊張が解ける。ふうっと息をついた。

やはり家が近いのはありがたい。朝も思うが、帰りは一層そう思う。

セキュリティがしっかりしているところもいい。パリにいたころは、お客とパティシエの距離が近いからか、しつこく追い回されて大変だったこともある。

日本に来てからはそんなことはなかったものの、引っ越す前にはなんとなく誰かにあとをつけられているような嫌な気配がしていた。気のせいだったのかもしれないし、疑心暗鬼《ぎしんあんき》になっていただけかもしれないが、疲れているのに自分の部屋に帰り着くまで気が抜けないのは辛かった。

「もう少し厳《いか》つい見た目だったら良かったのかな……」

いかにもパティシエっぽい繊細な芸術家のような佇まいがいい、と言われることは多いが、そのせいで仕事に支障が出ては本末転倒だ。それに、欲しいのはいい見た目よりいいアイディアだ。

「そうなんだよな」

天井を仰ぎ、智哉は溜息をつく。今は新作がなにより重要な問題だ。

店は今日も盛況だったたし、取材も手応えがあった。だからこの流れを逃したくないのだが……。

それが焦りに繋がって、新作のアイディアが出ないのだろうか？

（なにか、きっかけがあればいいいんだけど）

幸運な転換期。ささいなきっかけ。

なにか起こらないだろうか。

時間を作って少し出かけてみようかと思いながら、エレベーターを降りる。そのまま部屋へ向かおうと階段を上がりかけたときだった。

「わっ――」

大きな声とともに、どさどさどさっと何かが落ちるような音が聞こえる。

慌てて音のしたほうを覗いてみると、キッチンに美大生の星川がいた。彼は智哉と目が合うと、床に散らばっているラーメンやパンを拾いかけた格好で、「あ、お帰りなさい」と、恥ずかしそうに言う。

「今日は早いんですね」

屈託のない笑みに、なんだか照れが込み上げる。慣れない。

だが挨拶《あいさつ》された以上無視するわけにもいかず、智哉は「大丈夫？」と尋ねると、拾うのを手伝いながら言った。

「食事をしようと思って一旦帰ってきたんだ。もう少しやりたいことがあるから、食べたらまた戻る予定だけど」

「えっ、大変なんですね」

星川は目を丸くする。そうすると人懐こい犬のようで、邪険にできない。

「夕食…いや、夜食？」

手にしたラーメンを見ながら訊《き》くと、星川は「夕食です」と頷いた。

「課題をしていたらいつの間にかこんな時間で……。本当なら一食ぐらい抜いても平気なんですけど、僕、以前もこういうことがあって、そのときは倒れちゃったから、気をつけろって言われてて」

彼は頬を染めて頭をかく。どうやら、彼も集中しすぎるタイプのようだ。

そのまま部屋に戻ろうかと思っていたが、なんとなく気が変わり、智哉は袖を捲った。

「じゃあ僕が作るよ。僕も食べようと思ってたし」

「えっ！　そ、そんな！　僕が作ります。名久井さんは仕事のあとなんですから！」

星川は大きく首を振るが、智哉は「いいから」と反対側の袖も捲った。

「ここのキッチン、使ってみたかったんだ。いい機会だから、使わせてよ」

そして「これ？」と、袋に入ったラーメンを掲げると星川はおずおずと頷く。

「じゃあ、僕もこれにしようかな。ラーメンなんて久しぶりだ」

湯を沸かすと、「開けていい？」と冷蔵庫を指して尋ねる。せっかくなら、ただ茹でてスープを溶いて作るのではなく、もう少し食べ甲斐《がい》のあるものを作りたい。

智哉は星川が頷いたのを確認すると、大きな冷蔵庫を覗き込む。

結構食材が揃っている。男ばかりだからか飲み物が多いが、海外の生ハムが各種に、チーズが各種。取り寄せかもらい物のベーコンや佐賀牛《さがぎゅう》ハンバーグのレトルトが数個。有機のヨーグルト、卵に豆腐、納豆もある。佃煮《つくだに》やドレッシングがいくつもあるのは、それぞれの住人の好みなのだろう。他にはモヤシにキャベツ、トマト。甘い物が好きな住人たちというだけあって、チョコレートや生菓子も多い。

一通り確認すると、智哉はいくつか食材を取り出す。そして手早く野菜を切り、炒めて味付けすると、沸いた湯に麺《めん》を入れる。そうしながら、仕上げに加えるソースを作っていると、やがて麺が茹で上がった。

添付のスープを熱湯で溶かした中に、茹で上がった麺を入れ、軽く炒めた野菜を乗せる。そして牛乳とバター、チーズで作ったソースを垂らし、細めに切った生ハムとキャビアを散らし、テーブルで待っている星川に出す。

途端、彼は目を丸くして、

「わぁ……」

と、声を上げた。

驚きと感激が混じったようなその声を聞くのは大好きだ。智哉が思わず微笑むと、

「すごーい！」

星川はさらに感嘆の声を上げる。

「こ、これ本当にインスタントですか!? な、なんか色々乗ってますけど、こんなに早くぱぱっと作っちゃったんですか!?」

「そうだよ。まあ、食べてみて。口に合えばいいけど」

「い、いただきます！」

そして星川は行儀良く手を合わせるが早いか、箸《はし》を取って一口啜る。直後、大きな瞳がさらに大きくなった。

「っ…お、美味しいです！ 凄い！」

声を上げると、続けて二口、三口と食べる。

「すっごい美味しいです！ こんなの食べたことない……コクがあって、でもしつこくなくて……」

食べては感嘆の声を上げ、声を上げてはまた食べる星川に智哉は思わず笑うと、「じゃあ自分の分も」と再び湯を沸かす。そのときだった。

「ただいま」

「いい匂いだな」

足音がしたかと思うと、住人たちが、なだれるように帰ってきた。どうやら、たまたま帰宅が重なったらしい。

「おかえりなさい」と智哉が返事をするより早く、星川が「凄いんですよ！」と声を上げた。

「これ、今、名久井さんが作ってくれたんです！　ラーメンなんですけど、すぅぅぅっごく美味しいんです！」

「へえ？」

その声に、ファハドが興味深そうに星川に近付く。一方鷹守は微かに眉を寄せた。

「美味しいのはいいが、お前、仕事が終わった人に何やらせてるんだ」

「あ、そ、それは――」

「僕が作るって言ったんです。このキッチン、使ってみたかったので」

星川を責めかけた鷹守に、智哉は慌てて説明する。外資で働いているからか、彼は言葉がストレートだ。そしてファハドはと言えば、王子だからなのかまったくもって自分中心だ。

「美味そうだな」

呟くと、しゅんしゅんと沸いている鍋を眺め、智哉を見る。

雄弁な瞳。

「ファハド」

すかさず永尾が窘めるような声を上げたが、ファハドの興味深そうな顔は変わらない。

そしてさっきは星川を咎《とが》めかけた鷹守も、よく見れば羨《うらや》ましそうに星川を気にしている。それに気付いたからか、

「スープだけでも飲んでみますか？」

星川はどんぶりを差し出している。

（ああもう――）

智哉ははーっと溜息をつくと、今にもその丼を受け取ろうとしている鷹守より早く、

「……食べますか？」

そこにいる全員に聞かせるように言った。

「食べるなら、全員分作りますけど」

「いや、でもそれは」

「そうか？　では頼む」

「……」

恐縮する永尾に対し、ファハドは既《す》に《で》食べる気だ。鷹守は黙っているが、表情は食べたそうなそれだ。

智哉は苦笑すると、

「いいですよ。これぐらいなら」

作ります、と再び火の前に足を向けた。

やがて、

「どうぞ」

テーブルに着いている彼らの前に丼を置くと、星川のときと同じように、彼らの顔が輝いた。

「確かに美味しそうだ」

「ああ、いい匂いだな」

「悪いな、こんなにちゃんとしたものを」

「いいえ、どうぞ召し上がって下さい」

智哉が言うと、三人は一斉に食べ始める。

「「「美味い！」」」

数秒後、一斉に声が上がるのを嬉しく聞きながら、智哉も自分の分を食べ始めたとき。

「真岐さんは、まだ忙しいんですか？　一緒に食べられたらいいのに……」

既に食べ終え、みんなの分のお茶を入れてくれた星川が、ぽつりと呟く。

そう言えば――あの男だけいない。

気になったものの、気にするほどのことじゃない、と智哉は無言でラーメンを食べ続ける。

返事をしたのは鷹守だった。

「ヌシは無理だろうな。ここ何日かはＰＣの前から離れられないみたいだし」

すると他の二人も同意するように頷く。

〝ここ何日か〟？

そんなに忙しいのか。

気になって、智哉はそっと尋ねた。

「ずっと、お仕事なんですか」

すると、永尾が頷く。

「うん。だから僕たちも顔を見てないんだよ」

「大丈夫なんですか？」

「どうだろう……。仕事が仕事だから、迂闊《うかつ》に部屋に入るわけにもいかなくて」

「まあ、ヌシのことだから大丈夫だとは思うんだが」

「でもメレンゲもザラメも逃げ出してきましたよね」

その言葉に、智哉は眉を寄せた。

部屋に籠《こ》もりっぱなし？　どれだけ仕事が大変にせよ、それはおかしい。

あの男のことは好きじゃない。だがいい歳をして自分の身体を労《いたわ》らない奴はもっと嫌いだ。

「ちょっと、声かけてみます」

箸を置いて立ち上がった。四人は驚いた顔で見たが、構わず上階へ向かう。

別に心配なわけじゃない。

ただ、せっかく自分が腕を振るった料理を、あの男に食べさせないままではもったいない。ここは、大家であるあの男にいい印象を与えるチャンスなのだから。

智哉はそう胸の中で繰り返しながら真岐の部屋の前まで行くと、二度、三度と呼吸を整え、軽くドアをノックする。

「真岐さん」

しかし、そうしてノックを繰り返しても、呼びかけてみても返事がない。

本当にいるのだろうか？

ドアに顔を近づける。が、音もしない。不安になり、さらに激しくドアを叩こうとしたそのとき。

微かに異臭がした。

「真岐さん!?」

慌てて部屋に押し入った瞬間。

視界が一面真っ白になり、智哉は目を瞬かせた。

直後、独特の匂いに思わずむせる。

そこには、煙草の煙が充満していたのだ。

（なんだよこれ……っ）

目がしばしばするのを堪《こら》えてなんとか進む。すると、煙の出元らしい奥の部屋から真岐がのっそり姿を見せた。以前見たときと違い、酷い無精髭にぼさぼさの髪。まるで別人だ。

智哉が唖然としていると、それに気付いたのか真岐は「お」と声を上げる。その声で、智哉は我に返った。

「い、いったいなんなんですか、このありさまは」

「ん？　いや、なんっつーか……」

「と——とにかく出て下さい！　不健康です！」

「い、いやちょっと待てよ。まだ仕事の途中だ。なんか音がしたと思って来たら——」

「待ちません！　さっさと部屋から出て下さい！　早く換気しないと！　それからお風呂です、

お風呂に入って下さい！」

「シャワーは一応毎日――」

「いいから早く！　それと髭です！　髭も剃って！」

そして智哉は真岐の腕を取ると、強引にバスルームに押し込んだ。

「いいですか、三十分は入ってくださ い。いいですね！」

「いや――おい」

「い、い、で、す、ね！」

「お、おう」

そして返事を聞いて浴室のドアを閉めると、急いで部屋中の窓を開けた。

一気に冷たい夜風が入ってくる。

まさかこんなことになっていたとは。

はーっと息をついた。

「これじゃ僕も服を着替えないと」

タバコの匂いが染みついただろう服を摘《つま》みながら、智哉は呟く。

しかし、ひとしきり窓を開け終え、落ち着いて見てみると、真岐の部屋は雑然とした面白い部屋だった。大家だからなのか二部屋分のスペースがあるのだが、そのうち奥の部屋が寝室兼書斎兼仕事部屋らしい。

机の上には、ＰＣが置かれているが、「投資家」と聞いて想像していたような、モニターだらけの部屋ではない。むしろ子ども部屋のような、雑貨屋のような、とにかくなんでもある部屋だ。路地裏を写した大きなモノクロ写真が壁に掛けられているかと思えば、棚にはカエルの置物がいくつも置かれている。そして陶器の水差しに、なぜかブーメラン。カヌーのオールのようなものまである。

あとは本にＣＤにＤＶＤ。本は本棚から溢《あふ》れ、アンティークのスツールの上にも山積みになっている。日本語の本だけでなく、英語、フランス語、アラビア語のようなものも見える。画集や写真集もあるのだろう。大きさも厚さも様々なものがいっしょくたに積み上げられて塔を築いている。ＣＤもそうだ。ＤＶＤの中には智哉も知っている古い映画もある。好きなのだろうか？

そして写真！

ピンで留められたものに、フォトフレームに入ったもの。大きなもの、切り抜いたような小さいもの。それがまた色々な写真なのだ。

子どもたちが笑っている写真の背景は青空だが、その傍《かたわ》らには、砂漠と日に焼けたひげ面の男たちと駱駝《らくだ》の写真もある。かと思えば水辺で洗濯をしている女性たちの写真もあり、真面目な顔で勉強している学生たちのものもある。

雪の中の犬たち、屋台に並べられた色鮮やかな新鮮な果物と、笑い声が聞こえてきそうなほど大きな口を開けて笑う店主たち、動物の彫刻、神さまの像、ゴンドラ、象の群れ、鹿の親子、綺麗に鬣《たてがみ》を編まれた馬たち、子どもたち、お祭り。

まるでここに世界が閉じ込められているかのようだ。

「凄い……」

引き寄せられるようにそれらを見つめながら、智哉は思わず呟いていた。

海外にいたとはいえ、勉強と仕事に明け暮れていた自分とは大違いだ。いや——自分も気分転換やインスピレーションを求めて休日には外出したが、それほど国際色豊かではない。せいぜい隣のベルギー。海を渡ってイギリス。店をやるようになってからはあちこちの国に招待されたこともあったが、それにしてもこれほどじゃない。

見ていると、中には真岐が写ったものもある。

楽しそうに大笑いしている顔。照れたような顔に、困ったような顔、慌てているような顔、美味しくなかったのか、食べ物を片手に難しい顔をしているものもある。

とにかく表情豊かだ。同じ顔をしているものは一枚もない。

眺めているだけで楽しくなってくる。智哉も自然と笑顔になっていく。

と、そんな中、まだ学生時代のものなのか、今よりもずっと若い真岐の写真があった。

誰かが撮ったのか…それともタイマーだろうか。一人の男と肩を組み、顔を寄せて楽しそうに笑っている。

その男に、智哉は目を瞠《みは》った。

彼はあまりにも、智哉に似ていたのだ。

「これ……」

彼がきっと、真岐が言っていた「似ている」という人なのだろう。確かにそっくりだ。

息を詰め、思わず凝視していると、バスルームのドアの開く音が届く。

智哉が慌てて奥の部屋から出ると、ちょうどそのとき、風呂上がりの真岐が姿を見せた。

きっかり三十分だ。

バスローブ姿の真岐は、全身からほかほかとした湯気を上げながら、心地好さそうな顔だ。タオルで髪を拭くと、辺りを見回し、軽く肩を竦めてみせた。

「なんか部屋がすーすーするな」

「換気してるんです」

「どうりで。ありがとうな。すっかり忘れてた」

そして真岐はにっこり笑う。それは換気の礼にしては眩《まぶ》しすぎるほどの笑顔で、見ている智哉のほうが狼狽《うろた》えてしまう。

「別に……」と小さな声で言い返したときだった。

「それにしても、どうしたんだ？　お前が俺の部屋に来るなんて」

不思議そうに真岐が尋ねてくる。

智哉は直前の狼狽《ろうばい》が声に滲《にじ》まぬよう注意しつつ、ここへ来た理由を話した。

「――ですから、食べる気があるなら、下に来て下さい。ついでにもう一杯ぐらいなら作りますから」

そしてそう締め括《くく》って尋ねると、それまで驚いたように話を聞いていた真岐が、にやにや笑って見つめてくる。

智哉はその顔に眉を寄せた。

「なんですか。誤解しないで下さい？　あなたのためじゃないですから。ただ、あなたにだけ声もかけないというのはどうかと……」

「ああ――そうだな。わかってる」

すると真岐は、皆まで言うな、というように頷いた。そして改めて智哉を見つめてくると、嬉しそうに目を細める。

「そうじゃなくて…俺がどうとかよりも、なんだか馴染《なじ》んできたなって思ったらほっとしてな。なんだよ、お前、人当たりは悪くねえじゃねえか。つか、どっちかって言うと面倒見もいいほうか?」

楽しそうに言う真岐から、智哉はさっと目を逸《そ》らした。なんとなく、彼の顔を見続けていられなかったのだ。

「知りません、そんなこと。それに僕はみなさんのことは嫌いじゃありません。僕が苦手なのは、あなたです」

言い過ぎたかと思ったが、真岐は楽しそうに笑った。

「てことは、要するに俺は特別ってことか。いいねえ」

「ちょっ――」

どうすればそんなポジティブな考えになるんだ！

慌てる智哉を尻目に、真岐はバスローブ姿のまま部屋を出る。

「ま、真岐さん!? その格好で下に降りるんですか? みんないるんですよ?」

「部屋にある服には匂いがついてるからな。明日買い換えるまで着替えはねえよ。俺は気にしねえけど、お前みたいなのはタバコの匂いぷんぷんするのは嫌だろ」

「……ええ…まあ」

気にしてくれたのか、と少し驚く。

喫煙者の多いパリに住んでいたから、タバコには慣れているものの、気にならないと言えば嘘だ。すると、真岐は「ふむ」と少し考えるような顔を見せた。

「俺も止めたほうがいいか？」

「べ、別に、僕はどちらでも」

「なんだよ、つまんねえ奴だな。お前のために嗜好品を一つ止めてもいいって言ってんだぜ？」

「あなたのことになんて興味ありませんから」

「そう言うなよ、お前はどっちがいい」

足を止められ、危うくぶつかりそうになる。

「どっちでもいいです」

「じゃ、止めるか」

「そんな簡単なんですか!?」

「さーな。でも吸わないほうがお前に近づけるんならそうするさ。とはいえ、海外じゃタバコは交渉アイテムの一つだから、そこは目を瞑《つむ》ってもらいたいところだけどな」

仕事のあとの一休み、といった様子で大勢の男たちと煙草を吸っていた真岐の写真を思い出す。

そうしながら階下へ降りていくと、皆が目を瞠った。

「ヌシ、大丈夫なのか？」

「凄い格好だな」

「お風呂上がり、ですか？」

口々に声が上がり、なぜだか智哉のほうが恥ずかしくなる。しかし真岐は平気な様子でどっかりとリビングのソファに座ると、

「いやあー……世話焼かれちゃってな」

と、やに下がった様子でちらりと智哉を見ながら言う。そのせいで、一斉に視線が集まり、智哉は慌てて首を振った。

「ちが…違いますから！　別に世話とかじゃありません。ただ根を詰めすぎていたようだったので一休みしてはどうかと——」

「んで、風呂に入れられて、部屋の換気されちゃったわけ」

「部屋に入れたんですか」

永尾が驚いたような声を上げる。

「珍しいな」

鷹守も意外そうに言う。

「え…そ、そうなんですか」

智哉が驚いて言うと、お茶からお酒に飲み物を変えたらしいファハドがグラスを手に「まあな」と頷いた。

「別に立ち入り禁止というわけではないだろうが、真岐の仕事は色々な企業の秘密も絡むものだからな。余程のことがない限りは立ち入らぬ」

「……」

言われてみればその通りだ。真岐はいくつもの大企業の大株主。ひょっとしたら、株価を大きく変えるような、発売前の製品の秘密がデスクの上に置かれていたかもしれない。

いや、そうでなくても、今にして思えば自分で自分が信じられない。異臭がして気になったからとはいえ、人の部屋に強引に入ってしまうなんて。

しかし真岐はと言えば「そりゃお前らが気ィ遣ってるだけだろ」と明るい声だ。

「見られてマズいものなんてねえよ。そういうのはうちの秘書がばっちり管理してるからな。つか、それよりラーメンはどうなったんだ？　作ってくれるんだろ」

「え、ええ」

まだ混乱したまま智哉は頷くと、それを隠すようにしてキッチンに逃げる。星川は「手伝いましょうか」と言ってくれたが「大丈夫だよ」と遠慮した。

顔を見られたくなかったのだ。

まったく、どうかしている。

らしくない。

智哉はこうなるに至ったところまで思い返すと、自分の行動を一つ一つ反芻《はんすう》する。

どこで間違えたのだろう？

しかしそんな反省も、リビングで話す真岐の声が聞こえるたびにすぐに集中が途切れてしまう。

(ああ――もう)

嫌だ。

智哉は頭を振った。

仕事のことを考えるならともかく、あんなどうでもいい男のことばかり考えてしまうなんて。

しかし次の瞬間、

「ありがとな」

突然耳元で聞こえた声に、智哉はびくりと慄《おのの》いた。振り返ると、さっきまでソファに座っていたはずの真岐が微笑んで立っていた。

「仕事のあとなのに俺の分まで」

「別に」

「しかもすげー美味いんだって？ 楽しみだ」

「あったもので作っただけです。それを星川くんが大袈裟《おおげさ》に……」

「はは。まああの年頃の子にしてみりゃ、年上のパリ帰りの有名パティシエが自分のために作ってくれたラーメンとくれば大感激だろ。嬉しいさ」

「……」

「画材に仕送りつぎ込んで、いつも腹空かせてるみたいだしな。ま、学生なんてそんなもんだ。俺も学生のころは卵ともやしに随分《ずいぶん》世話になったからな。気持ちはわかる」

真岐はダイニングから椅子をずるずる持ってくると、そこにどかりと座った。

「お前はどうだった？」

そして尋ねられ、智哉は当惑した。

答えなければならないのだろうか。この男に自分の過去を？

正直、昔のことは思い出したくない。どうしてもロランのことまで思い出してしまうから。

恋に夢中になりすぎて、仕事も手に付かなくなって、智哉に執着して嫉妬《しっと》して……。同時に、そんな自分自身に激しく苛立っていたロラン。挙げ句、彼は心のバランスを崩してしまった。

血だらけだったバスルーム。大切な手や腕を傷つけていた彼を見つけたとき、智哉は大きなショックを覚え、悔やまずにいられなかった。もっと早く、一番近くにいた自分がなんとかできなかったのか、と。そして恋が怖くなった。夢に溢れていた彼を、こんなにも変えてしまった恋が。

命が助かったことだけは幸いだったけれど、彼はそのままパリから消えた。その後、彼の話はまったく聞いていない。

周りからも認められていて、優秀で、熱心で、菓子や店についてのアイディアもうんとあったロラン。彼の人生こそ順風満帆《じゅんぷうまんぱん》に見えた。

唇を噛み、いつしか俯いてしまうと、

「おい、お湯沸いてるぞ」

傍らから声がかかる。

はっと見ると、真岐が鍋を指している。

智哉が慌ててそこにラーメンを入れると、

「できるのが楽しみだ」

真岐はそう言って笑い、再びリビングへ戻っていく。

気が付けば答えずに済んだことに、智哉はほっと胸を撫で下ろした。ひょっとして、真岐は気遣ってくれたのだろうか。

やがて、出来上がったラーメンをリビングに運ぶ。

「どうぞ」と真岐の前に置くと、彼は「おおっ」と声を上げた。

「豪華だな。美味そうだ」

「本当に美味しいんですよ」

「じゃあ、早速」

そして真岐は箸を取り一口食べると、

「うん！」

美味い、と笑顔で声を上げる。

その笑顔は、彼の歳や地位から考えると、驚くほど屈託のないものだ。ついさっき星川や他の住人たちも「美味しい」と笑顔で言ってくれたけれど、彼らのどんな笑みとも違う、胸に残る魅力的な笑顔。

思わず見入っていると、熱心に食べていた真岐が、ふっと顔を上げて笑った。

「ホントに美味いよ。さすがに料理上手だな」

「お、大袈裟です」

視線が絡み、狼狽してしまう。褒められることだって珍しくないのに、どうしてかドギマギしてしまう。頬が熱い。

智哉は顔を逸らし、慌ただしくエプロンを外した。

「すみません、じゃあ、僕もう店に戻りますので」

「え？」

怪訝な声がしたが、「まだ仕事があるので」と言い残すと、構わずギャラリーを抜け、エレベーターホールへ向かう。

まだ胸が苦しい。それがどうにも耐えられず、とにかくこの場から離れたくてエレベーターに乗り込む。だがドアが閉まる寸前。

「ちょい待ち」

強引に、真岐が乗り込んできた。

「ちょっ——。そんな格好で何してるんですか！」

「待てよ。なんで逃げるんだ」

「逃げてなんていません！　僕は仕事が」

「それは口実だろ」

「！」

言葉に詰まったそのとき、エレベーターのドアが閉まった。

智哉は真岐を睨んだまま、無言で一階のボタンを押す。

ややあって、

「違います……」

それだけを絞り出した。

だが真岐は無言だ。それがなおさら苛つく。

お互い喋《しゃべ》らないままエレベーターが止まる。ドアが開くや、智哉は真岐を押しのけるようにして外へ出た。

そしてまっすぐに店に戻ったが、真岐はまだ付いてくる。

「いい加減にして下さい！」

智哉は堪らず声を荒らげた。

「いちいちいちいちどうして僕に構うんですか！　僕は――」

「お前は俺を呼びに来た」

「あれは」

智哉は口籠もる。

真岐を睨むと、改めて言った。

「あれはあなたにだけ声をかけずに食事をするのはどうかと思っただけだと――」

「優しいな」

「今は後悔してます。あなたになんか構うべきじゃなかった」

智哉は唇を噛む。

すると、真岐が小さく息をついた。

「嫌な思いをさせたなら謝る。嬉しくてな。でもお前を気にするなっていうのは無理だ。気になるものは気になるんだ」

その言葉に、智哉は息を呑む。真岐は苦笑して続けた。

「お前は俺のことが嫌いでも、俺はお前のことが気になるんだ。だから、気にする」

「気に……って……」

突然の言葉に、智哉は戸惑ってしまう。

大家として気にしている、ということだと思う。そうに違いない。けれど真岐の視線にはそれだけにおさまらない熱が籠もっているように見える。

混乱していると、

「構われるのは怖いか？」

どこか挑発的に真岐が尋ねてくる。智哉はむっと見つめ返した。

「どういう意味ですか。どうして僕があなたなんかを。僕は怖いんじゃなくて嫌だと言ってるんです」

「そうか？」

「そうです！」

智哉は言ったが、真岐は信じていない様子だ。かちんと来た。

「信じてないですね」

「まあな。そんな風に声を荒らげられたらなおさらな」

「……」

智哉が唇を噛んだときだった。

真岐の瞳が、悪戯《いたずら》を思いついた子供のそれのように煌めく。

「なら――俺にメシでも作れよ」

「は!?」

突拍子もない提案に、上擦った声が漏れる。

「なに言ってるんですか!」

ふざけないで下さい、と言い返した智哉に、真岐はにっと笑う。

「いい提案だと思ったんだがな」

「嫌いな相手に食事なんて作りたくありません」

「さっき作ってくれた」

さらりと言い返され、智哉はぐっと言葉に詰まる。真岐が微笑んだ。

「新しい何かをして俺を怖がってないことを証明するより、またメシを作ったほうが簡単じゃないか?」

「……仕事があります」

「もちろん無理にとは言わないさ。ついででいい。お前が作って食べるついでで。――どうだ?」

腰を屈めた真岐が、覗き込むようにして上目遣いに智哉の瞳を見つめてくる。

ややあって、

「……わかりました」

智哉は溜息混じりにそう答えた。

こんな男の提案を受け入れるのは癪《しゃく》だが、怖がっていると思われるのも悔しい。

自分は怖がってなんかいない。誰も。何も。

すると真岐は「楽しみだ」と満足そうに笑み、店を出て行こうとする。

しかし直後、

「でもなんだかそれじゃ、俺だけ役得だな」

ぽつりと呟くように言うと、ふと足を止め、振り返る。

次の瞬間、

「!?」

不意に、唇に何かが触れた。真岐に口付けられたのだ。

「なっ」

慌てて、智哉は真岐を突き飛ばす。

だが真岐は悪びれない顔だ。

「今日のメシの礼だよ。それから、これからの分」

「ふざ…ふざけないで下さい！」

智哉は真っ赤になりながら、グイと口元を拭った。

「あ――あなた何考えてるんですか。僕は男です！」

「知ってるよ」

「だったら――」

「性別より性格なんだよ俺は」

「だ、だからって合意のないキスはただのいやがらせです」

「じゃあ次から確認する」

「次なんかありません！」

声を上げる智哉に笑うと、真岐は「じゃあな」と去っていく。

姿が見えなくなっても、智哉の胸の中の嵐は収まらないままだった。

◆　◆　◆

「ん〜いい味だ」

味噌汁を一口啜り、噛み締めるように言うと、真岐は回鍋肉《ホイコーロー》に箸を伸ばした。

あれから一ヶ月。

智哉は結局週に二度ほど、真岐と共に食事をすることになっていた。ときには他の住人たちと食べることもあるから、今日のように真岐と二人きりなのは五回目ぐらいだ。

最初こそ「なんでこんなことを……」と思ったりもしたが、美味しそうに食べる真岐の顔を見れば、文句を言いつつも、つい次も作ってしまう。彼は本当に美味しそうに食べるのだ。大したものは作っていないのに、それは喜んで。

そんな真岐の向かいで食事をしていると、たびたび、ロランのことが胸を過《よぎ》った。

彼とも、よくこうして一緒に食事をしていた。テーブルはもっと小さくて、食べるものも質素なものだったけれど、外食に比べて圧倒的に自炊が安上がりなパリだったから、野菜だけのスープに、店からもらってきたバターとコンフィチュールを塗ったパン。チーズがあればごちそうだった。

そして彼は、智哉の野菜の切り方一つも「丁寧だ」と褒めてくれて——。

「これ、細かいけどこういうところがプロだよなあ。大きさ揃ってる辺りがさ」

「！」

そう思った途端、真岐が同じ台詞《せりふ》を言う。

内心の動揺を隠しつつ、智哉は「そうですか」と、ぽそりと答えた。

自分で自分がわからない。いくら真岐に挑発されたからとはいえ、これでは生傷を自分の手で抉《えぐ》るようなものだ。どうしていつまでもこんな真似をしているのか。

誰とも深い付き合いはしないつもりだった。当たり障りのない、いい距離感でいるつもりだった。そうしなければ仕事に支障が出ると思っていたからだ。それなのに、食事を作ってやるなんて。

「どした」

すると、真岐が心配そうに尋ねてくる。智哉は「なんでもありません」と顔を逸らした。

「考え事をしてただけです」

「疲れてるんじゃねえのか？　雑誌にも随分出てるし。新進気鋭のパティシエ、って」

「ありがたいことです」

「ま、確かに美味いもんなあ。昨日持って帰ってくれたあのケーキも絶品だったな。香ばしいいい香りがして」

「あれは焙《ほう》じ茶を使ったんです」

「へえ」

「菓子には抹茶がよく使われてますけど、僕としては焙じ茶の風味も面白いんじゃないかと思って」

「そういうのってやっぱりこっちに帰ってきてから思いついたのか？」

「素材の相性に関してはいつも考えてます。ただ日本で売るものですから、当然日本人に馴染みのあるものを念頭に入れています」

そうしていると、このシェアハウスのアイドルであるペットたちが近付いてきた。

「すげえなあ。でも少しは休めよ？　忙しいのはいいことだろうが、身体あっての仕事だ」

「お。お前たちも来たか。いい匂いだもんな」

真岐は相好《そうごう》を崩すと、猫のザラメを抱き上げる。

そのまま器用に膝の上に乗せると、中断していた食事を再開する。ザラメは興味のある顔だが大人しい。

メレンゲはと言えば、人の気配が楽しいのか、寛ぐようにしてテーブルの傍らに寝そべっている。こういう光景にも、もう慣れた。

真岐と食事をするようになって以来、智哉をご主人様の友達と認めてくれたのか、彼らもやけに懐いてくれるようになったのだ。

それは、今まで動物を飼ったことのなかった智哉からすれば思いがけない癒しと嬉しさだった。特に動物好きではないが、綺麗な猫と人懐こい犬に懐かれれば悪い気はしない。

「こいつらも慣れたみたいだな」

お茶を飲みながら真岐が楽しそうに言った。

「よかったよ。ま、俺が見込んだ同居人たちはみんな好かれるんだけどな。散歩にも行ってくれてるんだろ。こいつらのことまで気にかけてくれてありがとうよ」

向けられる笑顔と率直な感謝の言葉。

覚えのある苦しさがまたやってきた気がして、逃げるように「特別なことはしてませんから」と智哉は答える。

直後、

「ああ、そうだ」

何かを思い出したように、真岐が言った。

「お前、再来週の金曜の夜、ちょっと時間あるか」

突然だ。

「なんですか」と話を向けると、真岐は「実はな」と話し始めた。

「パーティーに呼ばれてる。友達が趣味でヨットレースに出てるんだが、そこで優勝したとかで、その祝勝会だ。それで、お前もどうかと思ってさ」

「……」

どうして自分を？

訝しく思っていると、真岐は笑って続けた。

「集まる人数はさほど多くない。でも面子は結構なもんだ。だからお前の店の宣伝にどうかと思ってな」

どうやら、気を遣ってくれているようだ。

「他の方は……」

「俺はお前がいいと思ったんだ」

真岐はザラメを抱いたまま、智哉をじっと見て言った。

「このシェアハウスにいる奴らは、みんな俺にとって大切な奴らばかりだ。でもその中でも、お前はちょっと特別だ」

「え」

特別、という言葉にドキリとする。

戸惑う智哉に、真岐はふっと表情を和《やわ》らげて続けた。

「自分の店を構えて、自分の名前一本で勝負してる。そういうところは、他のみんなと、違うところだろ」

思いがけない言葉に戸惑う智哉に、真岐は頷いて続けた。

「お前は嫌がるかもだけど、そういうところは俺と一緒っつーか……俺とお前だけだろ？　このシェアハウスの面子の中では。もちろん、会社勤めには会社勤めの苦労があるってのは知ってる。鷹守なんか、部下の失敗の後始末までやらされてたからな。永尾だって派閥だのなんだので苦労してるし、王子様には王子様の悩みが、学生には学生の悩みがあるってのもわかってる。でもな、やっぱり俺としちゃ、せっかくこういう機会があるならお前を誘いたいと思うわけだ。俺自身、知り合った人間に助けてもらって今があるってのもあってな」

そのときのことを思い出しているのか、真岐はにっこり笑う。魅力的な笑顔だ。

「と言っても、もちろん強制じゃない。そういうのが性に合わないようなら断ってくれて構わないさ」

気楽にな、と真岐は言うと、腕の中でもぞもぞしているザラメに顔を近づけ、「お前はじっとしてないなぁ」と戯《おど》けるように笑って頬ずりする。

智哉は、真岐の言葉に衝撃を受けていた。

彼は自分が考えていたよりももっともっと大切な意味で、自分を「特別」に思ってくれているらしい。

ほどなく、智哉は真岐を見つめて言った。

「……わかりました。ご一緒させて下さい」

◆

「じゃあ今度娘と一緒に寄らせていただくわね。娘もきっと懐かしがるわ」

「丸の内ラダーの店にはパリの店にはない商品もありますので、ぜひいらして下さい。お待ちしています」

娘さんがスイスに留学していたころ、一緒にパリを訪れ智哉の店にも来たことがあるという女性との話を笑顔で終えると、智哉はタキシードの襟元を直しながら小さく息をついた。

パーティーにやってきてから約一時間。気が付けば、次から次へ話しかけられ、話し通しだ。さすがに疲れた。

真岐に連れられて訪れた家は、都内とは思えないほど広い屋敷だった。

都心から少し離れているとはいえ、芝の敷かれた広い庭に、テニスコートにプール。料理も、有名店からのケータリングや、屋敷の料理人たちが作る料理の他、庭にはテントが設《しつら》えられ、その場で寿司が握られたり肉や野菜の鉄板焼きが振る舞われたりしている。

パーティーの主催者であり、この大きな屋敷の主人はアメリカの実業家で、奥さんはイギリス貴族の家系らしい。

そんな主人の一番の友人であり、富豪として知られた真岐が珍しく同伴してきた新しいゲスト——ということで、注目されたのだろうが、それにしても。

（すごいな）

智哉は改めて、真岐の存在感と影響力に驚かずにいられなかった。

彼の周りには、いつも人だかりができている。男性も女性も、年配の人も若い人も、みんな彼と話すことを楽しみにしているようだ。

（あんな強引な男がなあ……）

それとも、あの強引さが外国の人にはウケるのだろうか。智哉も外国で暮らしていたころは「謙遜《けんそん》より主張」を心がけていたけれど、日本では周りに合わせて主張も控えめにしている。自分の気持ちをストレートに言ったのは、先日の真岐に対してぐらいのものだ。

あのときだって、本当は本音を言うつもりなんかなかった。

本音を話して他人と深く関わり合うことなんてまっぴらで、当たり障りのないことだけ口にして、人と接する労力は極力減らそうと思っていたのに。

（なんだかあの人にはリズムを崩されるんだよな……）

胸の中で呟いたときだった。

傍らから、飲み物の入ったグラスが差し出される。

「すみませんが、お酒はもう……」

「ジュースだよ」

真岐の声だ。

はっと見れば、彼は「よ」というようにグラスを軽く掲げてみせる。

智哉以上に結構な人数の相手と話していただろうに、そんな疲れなどまったく感じさせない笑顔だ。

タキシードもよく似合っている。誂《あつら》えたものだから身体のラインを綺麗に見せるのは当然だが、それだけでなく、彼にはこうした服装が似合うのだ。最初に見たときも思った。

上背があって姿勢がいいから正装が似合う。堂々とした佇まいが似合うのだ。

自然体なのにとにかく華やかで男らしく、タキシードの深い黒色が彼のセクシーさを際立たせている。

智哉はなんとなく目のやり場に困るような気持ちを覚えつつ、「ありがとうございます」とグラスを受け取る。

口を付けると、爽やかな柑橘系《かんきつけい》の果実の味が広がった。ちょうどいい冷たさと甘さだ。

「楽しんでるか?」

グラスを手にした真岐が尋ねてくる。智哉は「はい」と素直に頷いた。

来るまではまだ少し不安もあったが、来てみればそれは杞憂《きゆう》だった。こんなに人と話をすることになったのは予想外だが、皆感じが良く、お店の営業ということを離れても、話していて楽しい人たちばかりだった。

それを伝えると、真岐は「それはよかった」と微笑んだ。

「誘った甲斐があったってもんだ。にしても、さすがに慣れてるな。海外だとやっぱりこういうのは多いか」

「ええ…まあ」

曖昧《あいまい》に頷いたときだった。

肩が、背後から通りすぎようとしていた人にトンとぶつかる。

「すみません」

慌てて謝った智哉の声に、「すみません!」と相手の声も重なる。次の瞬間、ぶつかった男が
「名久井さん!」

と声を上げた。

偶然の再会に智哉も驚く。そこにいたのは、昔一緒に修業していた男だったのだ。

「野上《のがみ》くん」

「名久井さん！　うわ……お久しぶりです！」

興奮した様子で野上は言うと、手を差し出してくる。軽く握手を交わすと、野上は頬を紅潮させながら言った。

「懐かしいなあ……五年ぶりぐらいですか？　もっとかな」

「きみも帰国してたんだ」

「はい！　二ヶ月ぐらい前に。名久井さんの店にも行こう行こうと思ってたんですけど、自分の店のほうが忙しくて、なかなか……」

「いいよ、そんなの。それにこうして会えたし」

懐かしい再会に、智哉もついつい饒舌《じょうぜつ》になる。話を聞けば、どうやら今夜のデザートは、彼と彼の店のスタッフが作っているらしい。

「そうだったんだ。そういうことならデザートがますます楽しみだな」

「そんな。勘弁して下さいよ。名久井さんにそんな風に言われたら緊張しちゃうじゃないですか」

苦笑しながら言う野上の言葉に、智哉もついつい笑顔になる。

ひとしきり話し、やがて、「じゃ！」と去っていく野上を見送っていると、

「知り合いか？」

真岐が尋ねてくる。

智哉は「はい」と頷いた。

「昔、パリにいたころ同じ学校だったんです。後輩というか……半年ほどでしたけど、日本人は二人だけだったので、わりと親しくしてました」

「へえ」

「最近日本に進出してきている、エメ＝ラメーっていう店の横浜《よこはま》店を任されて、帰国したみたいです。今夜のデザートは彼が作るようですから、期待していいと思いますよ」

「美味いのか」

「昔と性格が変わっていなければ、几帳面で絶対に手抜きをしない人ですから、仕事は確実です」

「へーえ。お前のお墨付きか」

「ただ、几帳面すぎて融通が利かなくて困ることもあったみたいですけどね」

懐かしい。

こうして話していると、当時の苦労や喜びが次々蘇ってくる。なるべく安くて手に馴染む道具を探して歩き回った街の風景。毎日必死で作っていた菓子の香り……。

「……懐かしいか？」

すると不意に、真岐が尋ねてくる。

なぜ彼は、自分が考えていることをこうも当てるのだろう？　智哉は戸惑いつつも、小さく頷いた。

「懐かしいです。色々、思い出が詰まっていますから」

決していいことばかりじゃなかった。でも全てが思い出深い。思い出深くて——そして忘れられないから、今も胸が疼くのだ。

思わず俯いてしまうと、

「大丈夫か。酔ったか？」

気遣うような真岐の声がした。

智哉は「大丈夫です」と首を振ると、そのまま彼から目を逸らす。そうしていないと、彼に何を考えていたか見透かされてしまう気がしたのだ。

彼の前で弱みを見せたくなかった。ほんの些細なことでも。どうしてか頑《かたく》なにそう思った。

だが真岐は訝しそうに見つめてくる。

その視線に耐えられず、

「僕、ちょっと向こうの人とも話してきます」

智哉は逃げるようにその場を去った。

気が付けば、胸がドキドキしている。

（どうしてあんな男をこんなに意識するんだ）

悔しいような腹立たしいような感覚に、きつく眉を寄せる。

もう誰のことも気にしない——そう決めたはずなのに。

どうしてあの男のことだけは、こうも胸の中にひっかかるのか。

逃げたはいいものの、結局誰と話す気にもなれず、智哉はただ真岐と顔を合わせないために屋敷の中を彷徨《さまよ》う。

しかしそうして庭を歩いていたとき。

「そんな！　困るよ！」

聞き覚えのある声がした。

さっき会った野上の声だ。随分狼狽えている。

気になって近付くと、彼は携帯電話で話しながら、焦り顔でうろうろと歩き回っている。

なにかあったのだろう。

智哉は、声をかけるべきか迷った。

普段なら、首を突っ込むことはない。

お互いプロだから、頼まれてもいないのに気にすべきじゃないと思っているからだ。

だが、その横顔は焦りに引きつっている。

暫《しば》し考えたものの、智哉は電話が終わるのを待つと、

「野上くん」

驚かせないように、そっと声をかけた。

だが野上は驚いてしまったようだ。

息を呑むと、はーっと大きな息を零す。

「なにかあった？」

そんな野上に近付きながら尋ねると、彼はばつが悪そうな顔を見せる。智哉は彼のプライドを尊重しながら続けた。

「もしかして、なにかあったなら手を貸すよ」

「……」

すると、野上はなにか考えているような顔を見せる。

ややあって「実は……」と話し始めた。

それによれば、鮮度のことを考慮してギリギリの配達予定にしていた果実の一部がまだ届いていないらしい。どうやら、渋滞に巻き込まれているというのだ。

「スタッフに取りに行かせようかとも思ったんですけど、そうすると今度は人手が足りなくなりそうで……」

今あるものだけでなんとかするにしても、いいアイディアが浮かばず困っていたらしい。

「——手伝うよ」

その話を聞き終えると、即座に、智哉はそう言っていた。

「僕が手伝う。だからきみはすぐにスタッフに荷物を取りに行ってもらって。取りに行けば、間に合いそうなんだろ？」

「は、はい。でも……」

「でも？」

「でも名久井さんに僕の手伝いなんて」

「そんなことは気にしなくていいから。きみが自分の領分を侵されたと思うなら、僕は手を出すことはしないけど、そうじゃないなら手伝わせてほしい」

「……」

「今は食べてくれる人のことを一番に考えないと。パーティー、凄く盛り上がってると思うんだ。料理もお酒も美味しいし、みんな喜んでる。デザートも凄く楽しみにしてるよ。せっかく期待されてるんだ。応えようよ」

智哉は、今日のパーティーに集《つど》った人たちのことを思い出しながら言った。

形式的なパーティーと違い、今夜のお客たちはみな心からこの時間を楽しんでいるようだった。

大いに飲み、食べ、話し、ここにいることを喜んでいた。

そんな人たちを最後にがっかりさせたくない。それはきっと、野上も同じだろう。

すると野上は迷っていた表情を引き締め、「わかりました」と頷いた。

「じゃあ、お願いします。キッチンはこっちです」

そして案内されてキッチンに行くと、家庭用にしてはかなり広いそこでは、二人のスタッフがどこか不安そうに準備をしていた。

野上は現状と智哉が手伝うようになったことを口早に二人に伝えると、一人に荷物を取りに行ってくれるように頼む。

智哉はエプロンをつけ身支度を整えると、作業台の上にあるものや冷蔵庫に用意してあるものをざっと確認した。

「いくつ作る予定だったの」

「十種です。ケーキが五種類に、冷菓が三種、それと、ゼリーとプリンを。ある程度下準備はしてるんですけど、四つほどはメインの材料が届いていなくて」

言いながら、野上は予定していたデザートの一覧を描いたノートを見せてくれる。

彼らしく綺麗に細かく描かれたそれを眺めると、智哉は深く頷いた。

「なら、このさい順番は無視して、出せるものから出していこう。このタルトやゼリーは果物が

「でもそれだと華やかさが足りないと思われませんか？　彩《いろど》りのいい果物がないと、やっぱり地味って言うか…印象が薄くなるって言うか……」

「味がよければ大丈夫だよ」

「でも――」

「きみが見栄えを気にするのはわかるけど、そのための材料がない以上、次善策を考えるべきだ」

今ひとつ決断しきれていない様子の野上に、智哉はきっぱりと言った。野上を見つめたまま、真摯《しんし》に続ける。

「華やかさの演出も僕たちの仕事の一つだってことはよく知ってる。見栄えの善し悪しまで含めて評価されることもね。でもだからって、ないものを待ち続けてお客さんたちを待たせていいわけじゃない。本当ならもう少し早くデザートが出ているはずだろう？　これ以上きみの理想に固執するより、出せるものから出したほうがいい」

「……」

「それに、最後に一気に華やかなものを出すのも悪くはない演出だと思う。不安点は、みんなそれまでにお腹一杯になってて、食べてもらえないことだけだけど…きみの作ったものなら、みんな無理をしてでも食べるよ」

味は間違いないんだから、と続けると、真っ直ぐに見つめ返してきていた野上はやがて、「そうですね」と頷いた。

「わかりました。そうですよね。どんどん出していきます」

そして晴れやかな表情で言う野上に、智哉も頷くと、早速手を動かし始める。

ほどなく、仕上げを終えたケーキが二種、そして冷菓とプリンが順に運ばれていく。

会場の様子をそっと窺《うかが》うと、少し時間が押したからか、ケーキも冷菓もプリンも、出した途端に人が集まり、みるみる減っていく。

声は聞こえないが、食べている人たちの顔を見れば、反応は上々のようだ。

その後も、手を休めず仕上げては頃合いを見て出していると、

「戻りました！」

荷物を取りに行っていたスタッフが、大きな箱を抱えて戻ってくる。

「よし！」

途端、野上がほっとしたような、生き返ったような声を上げた。

「これで全部作れる」

笑顔が戻る。智哉もほっと胸を撫で下ろすと、パーティーの最後をうんと華やかに飾れるよう、全員で手を動かす。

そして、予定していた全てを作り終え、

「あとはいいかな」

エプロンを外しながら智哉が尋ねると、

「ありがとうございました！」

野上が深々と頭を下げた。

「ホント、助かりました。少し時間は押してますけど、これぐらいなら大丈夫そうですし」

「少しでも役に立てたならよかったよ」

「少しなんて！　できるものから、って割り切れたのも名久井さんのおかげですし、結果、正解でした。それにわざわざ一種類多く作ってもらっちゃって……」

「ああ——うん。きみのコンセプトを崩さなかったならいいんだけど」

実は今夜、智哉は一種類だけ自分の考えを加えたケーキを作った。もちろん野上の許可を得てだが、出していくデザートが思っていたより早いペースで減ってしまったため、予定になかったものを一種類余分に出したのだ。

すると野上は「とんでもない」というように首を振った。

「あれがなかったら、間が空くところでした。やっぱり店で作って売るのと、こういう場じゃ違いますね。勉強になりました。ありがとうございました」

そしてまた頭を下げる野上に「気にしないで」と繰り返すと、「店にも行くよ」と言い添えてキッチンを出る。

智哉はふうっと満足の息をつくと、弾む足取りで庭を目指した。

まさかここで作業することになるとは思わなかったけれど、楽しい時間だった。やはり自分は身体を動かしているのが性に合う。

「あのケーキ、美味しそうだったな」

野上が作ったケーキを思い出し、智哉は呟いた。ピスタチオクリームとヨーグルトクリーム、そしてカカオクリームを層にして重ね、カラメルでコーティングしたケーキは、見た目も可愛らしく美味しそうな一品だった。

（ピスタチオか……）

好きな素材だが、なかなか上手く扱えない素材だ。昔作ったケーキも、評判はイマイチだった。もう一度挑戦したいと思いつつ、まだできていない。

「やっぱり組み合わせなのかな。いつも作る物よりももう少しこってりとさせて……。でもうちの店のサイズだと、それじゃしつこい気もするし……」

あれこれ考えては、ついついぶつぶつと呟いていたときだった。

「おーい！」

背後から声が聞こえ、慌てて足を止める。

振り返ると、苦笑を浮かべた真岐が近付いてくるのが見えた。

(あ)

智哉は、はっと気付いた。

野上の手伝いに夢中で、真岐のことはすっかり忘れていた。

すみません、と謝りかけた次の瞬間、

「いいな、やっぱりお前って!」

駆け寄ってきた真岐が声を上げたかと思うと、いきなりがばっと抱きついてきた。

「!? ま、真岐さん!? ちょっ……なんですか、一体!」

予想外のことに目を白黒させながら、智哉は必死で真岐の身体を押し返す。

ほとんど突き飛ばさんばかりにして突き放したが、真岐はといえば、喜色満面《きしょくまんめん》だ。

とびきりの、眩しいぐらいの笑顔。

戸惑う智哉に、彼は笑ったまま言った。

「いやあ…いいよ、お前。そうだよな、俺も馬鹿だったな、お前は誰にどう紹介されるより、作ったものを食べてもらえるほうがいいんだよな」

そして一人納得するように頷くと、「そういうのいいよな」と笑う。

どうやら、怒ってはいないようだ。それどころか、なんだか感激されている。

(だからっていきなり抱きついてくるって)

彼の腕の感触が、まだ身体に残っている。

だが、真岐は楽しそうだ。

「美味かったよ、デザート。みんなも美味しそうに食べてたよ」

思い出すように微笑んで言う。

智哉は、その感想を自分に言う真岐に戸惑った。

「きょ、今日のデザートを作ったのは野上くんです」

「でもお前も作ったろ」

「え……」

「だろ? いきなり姿が見えなくなるし」

「帰ったとは思わなかったんですか」

「さすがのお前でも『向こうの人と話してきます』って言っておいて帰らないだろ」

「……」

それはそうだ。さすがにそこまで礼儀知らずじゃない。

黙ったままの智哉の前で、真岐は一層相好を崩して言った。

「特にあの、ラムとアーモンドの香りの利《き》いたケーキだ。あれ、お前が作っただろ。でなきゃ、お前が提案したとか」

「！」

思わず見つめてしまう。

「なんで……」

「わかるさ」

真岐は戸惑う智哉ににっこり笑った。

「伊達《だて》にお前の作った菓子を食ってるわけじゃないからな」

当然のように真岐は言うが、智哉は驚きを隠せなかった。

確かに自分は一種類だけ予定になかったケーキを作った。アーモンドプードルを混ぜ込んで焼いた生地にラム酒をたっぷりと含ませ、カスタードクリームで飾ったケーキだ。少し「濃いめ」の味わいだが、こういうのが一つあってもいいのではないか、と野上の許可を取って作った。

だがまさか、それに気付く人がいるなんて思わなかった。

驚愕と湧き起こってくる嬉しさに声も出せずにいると、真岐が目を細めて微笑んだ。

「やっぱりいいな、お前みたいな『ものを作る』仕事ってやつはさ。星川くんもそうだけど、羨ましいよ」

「ま――真岐さんは、もっと凄い仕事でしょう。パリにいたときも名前は聞いてました。日本に凄い投資家がいる、って」

「いやいや」

真岐は苦笑した。

「確かに俺は俺の仕事に誠実なつもりだし精一杯やっちゃいるけどな。でもやっぱりお前のことが羨ましいよ。俺の投資はお前みたいな奴や会社の応援のようなものだし」

そう言いながらまっすぐに見つめてくる真岐の瞳を見ていられず、智哉は頬が火照《ほて》るのを感じて目を逸らす。

「そろそろ、帰りませんか」

智哉は早口で言うと、踵を返す。

だが一歩踏み出した途端、不意に手を掴まれ引き戻されたかと思うと、間近から見つめられた。

まるで心の中を覗かれるようで、羞恥が込み上げる。

が、逃げようとした寸前、抱き寄せられ、口付けられていた。

温かな腕の中。甘い香りに頭がくらっとする。咄嗟《とっさ》に、強く突き放した。

「っ…な、何するんですか！　離して下さい！」

暴れたが、腕は離れない。智哉は羞恥に真っ赤になりながら、腕を振り回した。

「真岐さん！」

「お前がそんな可愛い顔をするから悪い」

「なに言っ…んんっ——」

そして再び口付けられる。

強引で傍若無人《ぼうじゃくぶじん》でムカつくのに、キスは戸惑うほど優しいから混乱してしまう。

唇が離れた瞬間、膝から力が抜けた。

「おっと。大丈夫か？」

抱えられ、顔を覗き込まれ、それがますます恥ずかしい。

「離して下さい！」

智哉は力一杯真岐を突き放すと、逃げ出すようにしてその場から駆け出した。

(なんなんだよ。なんなんだよ、いったい……っ)

いきなり口付けてくるあの男はいったいなんなのだ。勝手で強引で人の話を聞かなくて、そのくせ作ったものを正確に言い当てて「美味しかった」なんて笑って。あんな顔をされたら何も言えなくなってしまう。

あんなキスをされたら何もできなくなってしまう。

唇を噛み、智哉は広い庭を闇雲《やみくも》に歩く。早くここを出て帰りたい。

しかしそうして歩いているうち、智哉はどこか訝しさを感じ、足を止めた。息を詰め、辺りを窺う。ややあってまた歩き始めたが、止まる。なんとなく、何かがあとをついてきている気がしたのだ。

最初は真岐が追いかけてきたのだろうと思っていたが、彼じゃないと気付いた。彼ならあとをついてくるようなことはしない。すぐに姿を見せて声をかけてくるはずだ。けれど今感じる気配は、静かにじっと、確かめるようにこちらの様子を探っているようなものだ。

（……）

何か変だ。

不安が胸を覆いかけたとき。

「柾行《まさゆき》――」

突然、背後から声がした。

びっくりして振り返ると、そこには一人の小柄な女性が立っている。彼女もパーティーのお客だろうか。歳は五十代半ばぐらい。品のいい小綺麗な格好だが、智哉を見る目は驚きに見開かれている。

彼女はふらふらと智哉に近付いてくると、みるみる涙ぐみ、「柾行…っ……」と涙声を上げながらしがみついてきた。

「あ、あの……っ……」

突然のことに、智哉が戸惑い、狼狽えたときだった。

「尾形《おがた》さん」

真岐が近付いてきた。

そして彼はゆっくりと女性を智哉から引き離すと、「いらしてたんですね」と微笑んだ。優しく、労るように。

すると、「尾形さん」と呼ばれたその女性は、縋るように真岐の腕を掴む。そして空いている手で智哉を指し、必死な様子で「柾行が……！」と訴えた。

「柾行よ！　あの子がいるの！」

だが、真岐は女性の手をそっと取ると、ゆっくりと首を振った。見たことのない、悲しそうな表情で。

「彼は違います。別人です。名久井くんといって、パティシエをしてます。俺の同居人です」

「パティシエ……？　あなたと同居……」

「ええ」

すると女性は、改めて智哉をまじまじと見つめてくる。その様子は、どこか悲壮で、見られているだけで胸が締め付けられるようだ。

どんな顔をすればいいのかわからず、何を言うこともできず、ただ見つめられたままでいると、やがて、女性は泣き顔のまま、小さく笑った。

「そう…そうよね……ごめんなさい、わたしったら……。もう気持ちの整理はついてるつもりだったのに……」

そして涙を拭うと、「ごめんなさいね」と智哉に謝る。そのままよろけるようにして帰っていく背中はとても小さく、智哉は呆然《ぼうぜん》とその姿を見送る。ゆっくりと、真岐を振り返った。

「……説明、してもらえますよね」

静かに言うと、真岐もわかっていたかのように「ああ」と頷く。ふっと息をつくと、ゆっくりと話し始めた。

「今の女性——尾形さんは俺の親友の母親だ。親友の名前は尾形柾行。もう、何年か前に死んだけどな」

「……」

「交通事故で、突然だった。しかも加害者も死んで…気持ちのやり場がなかったせいか、尾形さんは立ち直るのに随分時間がかかってな。ま、それは俺もなんだが」

「それが…あの写真の人…ですか……?」

「あ…？　ああ、見たのか？」

真岐が苦笑する。智哉は慌てて「すみません」と謝った。

「そ、その…あなたの部屋に入ったときに……」

「謝らなくていい。見えるところに貼ってたのは俺だ。そう――あの写真を撮ったのが尾形さんだよ。今はもう引退してるが、昔は有名な写真家だった。このパーティーに来てたってことは、夫婦のどっちかと知り合いだったんだな」

ぽつりぽつり、と真岐は話す。今までの彼らしくない、静かな口調で。

「俺は物心ついたときから父親と二人暮らしでな。しかも親父の仕事の都合で転校ばかりだった。だから誰とでもすぐに親しくはなれたんだが、なかなか長続きしなくて……なのにあいつとは、小学校のころからずっと手紙のやり取りが続いてな。そうしてるうちに、大学で再会して…ずっとつるんでた。あいつが死んだのは、卒業したら一緒に会社やろうとか…色々考え始めてた矢先のことだった」

紡がれる声は、重く、暗い。けれどそこからは、間違いなく深い慈愛が感じられる。切なげな声だ。切なげな貌《かお》だ。今まで智哉が知らなかった、真岐の声、そして貌。

胸が引き絞られる。

「その、人って……」

「ん？」

「柾行さん…って…親友、なんですか？　本当に…ただの……」

　こんなときに何を言っているんだと頭ではわかっているのに、口は勝手に言葉を紡いでいた。

自分で自分に戸惑う智哉の視線の先で、真岐は小さく、そして寂しく笑った。

「親友だ。付き合ってもいないし告白もしないままだった。だから親友だ」

「！」

その言葉に、智哉は胸が軋《きし》んだ気がした。咄嗟にそこを強く押さえる。

真岐の今の言葉――。

それは、付き合っていたことよりももっと重たいような気がしたのだ。

そんなこと、自分には関係ないはずなのに。

「じゃ、じゃあ、僕にあれこれ話しかけてきたのもその人に似てるからだったわけですね」

「最初はな」

「最初は？　それだけですか」

「顔が似てりゃ気になるさ。でも中身は全然違ってた」

「愛想笑いなんかしない人だったようですからね」

「ああ。でもお前だって、そんなもの、もういらないだろう」

真岐はさらりと言う。だが智哉は胸の中がどんどん重たく黒くなっていく気がしていた。さっきからずっとそうだ。真岐が「親友」のことを口にするたび、彼がその死んでしまった人のことを今でもとても大事に思っているのだと感じるたびに。

「代わりにされるのは真っ平です」

じりっと後ずさりながら、智哉は食い縛っている歯の隙間から声を押し出す。真岐は怪訝そうに眉を寄せた。

「そんな気はねえよ。お前はお前だ。俺はお前が気になってるんだ」

「嘘つかないで下さい」

「嘘じゃない」

「信じられません！」

智哉はとうとう堪えきれず、悲鳴のような声を上げる。

ぎょっとしたように目を見開いた真岐に背を向けると、もう後ろも見ずに駆け出した。

「おい！」

真岐の声がしたが、構わず走る。悔しさとも悲しさとも付かない感情に胸が荒れ、目の奥がツンと熱くなって堪らなかった。

◆　◆　◆

「名久井さん!?　ダメですそれ！」

「え？」

突然大声が聞こえ、智哉ははっと我に返って手を止める。

次の瞬間、自分が何をしようとしていたかに気づき、慌てて、持っていたスパテルを離した。

既に仕上げたカシスのエクレアの上に、さらにショコラをデコレーションするところだった。

自分で自分の失敗に戸惑い、動けずにいると、

「あの……名久井さん、大丈夫ですか？」

傍らから、そろそろとスタッフの一人が声をかけてきた。

不安そうな声だ。無理もない。今から店に並べようとしていたはずのものが、危うくダメにされかけたのだから。

しかも、最近の智哉の失敗はこれだけじゃない。これほどひどいものはなかったとはいえ、材料を落としてダメにしてしまったり、計量を誤ってしまったりと、この数日、考えられないミスを繰り返していた。

「ごめん、心配かけて。大丈夫だよ」

「……でも……」

声はまだ不安そうだ。他のスタッフからも心配している気配が伝わってくる。

自分のせいで店の雰囲気が悪い——。

そう感じ、智哉は周りを安心させるように「そうだね」と苦笑すると、

「ちょっと疲れてるみたいだ。外で気分転換してくるよ」

そう言いながらエプロンを解く。

「十分ぐらいで戻るから。ちょっとだけ、ごめん」

スタッフたちがほっとしたように頷いたのを確認すると、そのまま店をあとにする。ビル内の関係者用通路を歩いて外へ出てみると、春の朝の清々しい空気の中、日射しが痛いほど眩しく目に飛び込んできた。

思い切り背伸びをすると、ふうっと大きく息をついた。

「なにやってるんだ……」

自分を責める声が零れる。

顔を顰めずにいられなかった。こんな失態、今までなかったのに。

原因はわかっている。認めたくないけれどわかっている。一週間前の、あの夜のせいだ。真岐

が「親友」のことを語る顔を見てしまったあの夜のせい。あのときから、自分は少しおかしくなっている。

考えまいとしているのに、気付けば真岐の顔が浮かんでしまうのだ。そして手が止まってしまう。何をしていても、どこにいても。

そしてそのたび狼狽えてしまうのだ。

アイディアを盗んだとか、パトロンと寝て店を大きくしてきたとか、根も葉もない噂を流されたときだって、平然としていられたのに。

だから今は、できる限り彼に会うことを避けている状況だ。夜は共有スペースには極力立ち寄らず、すぐに部屋へ戻る。朝も同様だ。幸いにも今のところ、それは上手くいっていて、あれから真岐とは顔を合わせていない。

スタッフの話によれば、一昨日店に来たらしいが、智哉が頑なに顔を出さずにいると、彼はそのまま帰っていったようだ。このビルのオーナーだと言えば強引に会うこともできただろうにそうしないのは、やはり彼も気まずいからだろう。

ということはつまり——彼もやはり内心認めているのだ。自分を身代わりにしようとしていたことを。

そうに違いない。

「だって似てるし……」

それを思うと、胸がツキンと痛む。

大きく歪めた顔を誤魔化すように、髪をかき上げる。そのときだった。

「？」

どこか違和感を覚え、智哉はぱっと振り返った。

誰もいない。

けれど誰かいたような気がしたのだ。誰かが、ずっとこちらを見ていたような気が。

「？　？？」

智哉はそちらへ足を向けると、角を曲がり辺りを窺う。だがそこにいるのは足早に歩くか、携帯で話しているビジネスマンばかりだ。でなければ皇居を目指している観光客たち。いつもの丸の内の朝の風景だ。

「……」

智哉は訝しさを覚えながらも、店のほうへと戻る。気のせいだろうか。それともまさか……真岐が来ていたのだろうか？

まさかと思いつつ、智哉はそっと後ろを振り返る。だがそこにはやはり誰もいない。

「考えすぎなんだって……」

智哉は自分を窘めるように言うと、はっと短く息をつく。

気分転換に出てきたのに、こんなことでどうする。

仕事だ仕事。店だ。

仕事と店が自分にとって最も大事なこと。

いや——それ以外のことなんてほんの少しも気にするべきじゃない。

特に誰か一人のことなんて気にするべきじゃない。こんなこと、気にすることじゃないと自分に言い聞かせながら。

◆

「っ……」

しかし翌日。

智哉はかつてないほどの気分の悪さを感じ、ベッドから起き上がれなくなってしまった。

しっかりしなければと思うのに、どうしても身体が動かないのだ。頭も重たい。このところ眠れていないせいかもしれない。だが、休むわけにはいかない。

ほとんど這うようにしてベッドから出ると、ぐらぐらする頭に苛立ちを感じながらバスルームへ向かい、身支度を整えてなんとか部屋を出た。

疲れは働いているうちに忘れられる。今まではそうだった。仕事だ。とにかく店に行って手を動かさなければ。

「名久井さん！　おはようございます！」

すると、ちょうどメレンゲの散歩から戻ってきたと思《おぼ》しき星川と会った。口を開くのもおっくうだが、挨拶されては無視するわけにもいかず、智哉も「おはよう」と声を返す。

「早いんだね」

「実は昨日の夜からずっと起きてたんです。描いてたらいつの間にか朝で……。でもなんだか名久井さんに会うのって久しぶりですね。忙しいんですか」

「うん――まあね」

「じゃあ、元気の出るごはんを作りますから、一緒に食べましょうよ」

「いや、いいよ。もう行かないと」

「そうですか？　すぐできますよ？　干物の美味しいのがあるんです」

「本当にいいんだ。時間がなくて」

星川の厚意の申し出に首を振りながら言うと、智哉はいそいそとエレベーターに乗り込もうとする。

しかしその次の瞬間、目の前が暗くなった。

◆

「ん……」

引き上げられるような感覚があってふっと目が覚める。

寝ていたのだ、と気付いたその瞬間、

「えっ!?」

智哉は声を上げて身を起こした。

「っ――」

途端、頭がぐらりと揺れる。

倒れかけた上体を腕一本で支えて止めると、狼狽えながら辺りを窺う。

ベッドの上だ。でも自分の部屋じゃない。

「ミァ～」

微かな声が聞こえ、ザラメが足下からゆっくりと近付いてくる。そして気付けば、メレンゲもベッドの下から、はふはふと顔を覗かせている。どことなく不安そうな顔だ。

そこで、ようやく気付いた。ここは真岐の部屋だ。

一度だけ入ったことのあるあの部屋。

でもどうして。

混乱する智哉の目に、壁掛けの時計が飛び込んでくる。

十時半？

「やば…っ」

声を上げると慌ててベッドから降りる。だがその途端、またくらっときて膝をついた。

「っ……」

思うようにならない身体のもどかしさに、顔を顰めたそのとき、

「お」

真岐が部屋に入ってきた。

そして彼は智哉を抱き上げたかと思うと、そのままベッドに戻す。

「ちょっ——」

「まだだ」

起き上がろうとしたが、止められる。

押しのけようとしたとき、

「入っていいのかな」

困っているような、だが心地好い柔らかな声がした。真岐の肩越しに見れば、そこには永尾が立っている。

彼は苦笑しながら近付いてくると、

「大人しくして」

と智哉に告げた。

「大丈夫です」

智哉は言ったが、

「それは今から診察するから」

と永尾も譲《ゆず》らない。穏やかで優しい顔立ちなのに、さすがは医者と言うべきか、主張すべきところでは強い。

仕方なく、智哉が小さく頷くと、彼は「失礼」とパジャマの胸を開ける。そしてそっと静かに、智哉を不安にさせない手つきで触れてきた。

そうしながら、

「苦しいところは？」

「昨日はどんなもの食べた？」

「睡眠時間は？」

医師の顔で次々訊いてくる。

ややあって診察を終えた永尾は、ふっと息をつく。苦笑しながら言った。

「絵に描いたような過労。それと睡眠不足だね。取り敢えず、今日一日はゆっくりして」

「そんな」

「言うことを聞いて。仕事が大変なのはわかるけど、今の調子じゃ仕事をしていてもきっとまた倒れるよ。店で倒れるほうがまずいんじゃないかな」

「大丈夫です。仕事して気を張ってれば倒れません。今までも疲れることなんて何度もあったし」

「自分じゃ気が付いてないみたいだけど、そうして答えるときの反応がもう普段と違うんだよ。いつもより遅くなってる。そんな状態なのに仕事には行かせられないよ」

「……」

「周りの人もきっと気を遣う」

「……わかり…ました……」

不承不承ながら、智哉は頷いた。そこまで言われれば、それでも「行く」とは言えない。

代わりに、「でも一日で治るようにして下さい」と頼む。永尾は苦笑したが「だったら寝ること」と言い残すと、真岐と共に部屋を出て行く。

ややあって、水差しとコップ、そして果物と薬のようなものをトレーに乗せた真岐が戻ってきた。

「これ、水と食べ物と薬だ。市販薬だが永尾の見たてだから効くぞ。一眠りして食べられるようになったらこれ食って薬飲んどけ。明日には元気になるさ」

言いながらトレーをサイドテーブルに置く彼から、智哉は寝返りを打つふりで顔を逸らした。

二人きりだと意識すると、居づらさが込み上げる。ベッドからは真岐の香りがする。煙草じゃない。本当に煙草は止めたのだろう。

彼の香りだ。そして部屋に満ちる色々な国の香り。

部屋のあちこちから過去の気配を感じたその瞬間、自分の胸の中が軋むような感覚を覚え、堪らず、智哉は起き上がった。

こんなところにいたくない。

こんな——この男の思い出の詰まったところになんて。だがベッドを降りようとした途端、驚いた顔をした真岐に捕まえられた。

「おい、なにやってんだ。一博《かずひろ》が休めって言ってただろ」

「離して下さい！　こんなところにいたくないんです！」

「おい」

「あなたの側になんて、いたくないんです！」

自分でも思っていなかったほどの大きな声が口から零れる。だが止められなかった。

真岐の手を振り解くと、まっすぐにドアへ足を向ける。

しかしノブに手をかけようとした寸前、引き戻されたかと思うと、強引に口付けられた。

「!?」

智哉は手を振り上げる。

が、身をかわされたかと思うと、そのままベッドに引き戻された。

「落ち着け」

起き上がりかけた身体に、真岐の大きな身体がのし掛かってくる。間近から睨むように見つめられた。

「この部屋が嫌なら、出て行くのは構わない。お前の部屋で寝たいならそうすればいい。だがな、大人しくしておけといったらしておけ。なんのために一博が診察したと思ってるんだ。まさか『頼んでない』なんて言わないだろうな」

「……」

「目の前で倒れられたほうの身にもなれ。星川くんは『一緒にいたのに気が付かなかった』って落ち込んでたぞ」

「あ……」

その言葉に、はっとする。そう言えば彼と話していたときに意識を無くしてしまったのだ。まだ学生の彼を不安にさせてしまったと思うと、胸が痛む。後悔に眉を寄せると、真岐が大きく頷いた。

「わかったら、寝てろ。仕事が気になるのはわかるが、少なくとも一日は」

「……」

その言葉に、智哉はようよう身体から力を抜く。だが真岐はまだ離れない。智哉を見つめたまま、彼は続けた。

「それから、誤解を解いておきたい」

「誤解？」

「俺がお前を気にしてるのは、柾行の代わりだからじゃない」

「!?」

一番聞きたくなかった名前だ。けれど一番気になっていたこと。息を詰める智哉に、真岐は言う。

「この間も言ったが、確かにきっかけは顔だ。お前も写真を見たならわかるだろう。似てるんだよ、本当に。でも…お前のことがこんなに気になるのは、そのせいじゃない」

「……」

「だから誤解するな。嫌われるにしても、誤解されたままじゃ堪らない。俺がお前にキスしたのは、お前にしたかったからだ」

真上から見つめてくる真岐の、いつになく真摯な視線に、すぐ近くから聞こえる声に、じわじわ身体が熱くなる。はね除けたいのに、どうしてか身体が動かない。それが怖くて、智哉は睨むように見つめ返した。

「僕は、あなたなんか嫌いです」

声が掠れる。それでも真岐を見つめたまま、智哉は続ける。

「僕に関心を持たないで下さい。軽い気持ちでキスされるなんてお断りです。僕は、誰のことも好きになったりしません。恋なんかしたら…恋なんかしたら夢が終わってしまう――」

疲れのせいなのか、声はあとからあとから溢れる。

智哉との恋に蝕まれるように、自分を失ってしまったロラン。才能があったのに、夢があったのに、彼は恋のせいでそれを無くしてしまった。もう二度と、あんな風に誰かを傷つけ、自分も傷つくのは嫌だ――。

我知らずぎゅっと拳《こぶし》を握り締めると、ゆっくりと身体を離した真岐が、「そうか」と頷いた。

その貌は不思議と穏やかだ。智哉が戸惑っていると、

「でもな」

真岐がぽつりと呟くように言った。

「恋はしようと思ってするものじゃないからな」

真岐の手が、智哉を労るようにそっと頬に触れた。

「だから仕方ないものなんだよ。幸せな恋もそうじゃない恋も。誰も悪くない」

「でも――」

堪らず、智哉は身を起こした。詰め寄るように、真岐の服を摑む。

「でも後悔するんです。なんであんなことになったんだろう、って」

次の瞬間、とうとう耐えられず、智哉は声を上げていた。

目の奥が熱い。

どうしてあんなことになってしまったんだろう。彼のために何かできなかったんだろうか。彼にも夢があったのに、恋のせいで彼は何もかも失ってしまった。

良かったことや悪かったこと。思い出すたび胸が軋む。俯いたまま動けずにいると、その肩をそっと抱き寄せられた。

「まあ……するよな、後悔」

「！」

はっと真岐を見ると、彼は苦笑した。

「なにがあったか知らねえけど、生きてりゃ色々後悔するよな。ああすればよかった、こうすればよかった、って。俺もそうだった。柾行が死んだときは、『こんなことなら告白しておけばよかった』と思ったよ。幼なじみでずっと好きで、でも一番の友人だったから告白できなかった」

ぽつりぽつりと、真岐は語る。

「後悔して後悔して――日本にいたくなくて海外に逃げた。あちこち逃げて…いろんな人に会って色んなものを見て経験して……それでやっとだ。やっと、『もう後悔するのは止めよう』と思えた。今はもう、これでよかったんだと思ってる。告白しない運命だったんだろう、ってな」

当時を思い出しているのか、真岐はどこか遠くを見るようにして言う。

「そう思うしかないだろ。ただあいつが生きていた思い出は残しておきたくてな、未練がましく、このビルに『丸の内ラダー』の名前を付けた。『Jacob's《ジェイコブズ》 Ladder《ラダー》』――天国への梯子《はしご》――その名前をな。だからお前の店がその名前だって知ったときは驚いたよ。柾行に似てたことにはもっと驚いたけどな」

出会ったときのことを思い出しているのか、真岐が小さく笑う。

そしてふと目を細め、柔らかな視線で智哉を見つめて言った。

「だからお前ももうそろそろ後悔はやめとけ。なにがあったのか、今訊いたりはしねえけど、どれだけ後悔しても、時間が戻るわけじゃない」

その声は、静かで押しつけがましい所なんて欠片もないのに、なぜだか今まで聞いたどんな声より胸に染み込んでくる。

智哉が声も出せずにいると、

「心配すんな」

真岐は微笑み、深く頷いた。

「なにがあっても、お前が築いてきたものは崩れやしねえよ。ちょっとやそっとで駄目になるようなな、やわな思いで仕事してるわけじゃないだろ」

「そう…でしょうか」

「ああ。俺が保証する。でももし何か不安になったら俺のことを呼べよ、絶対に助けてやるから」

自分が智哉の不安の原因になっていることに気付いているのかいないのか、真岐はあっけらかんとそう言うと、器用にぱちんとウインクする。

智哉は一瞬唖然と真岐を見つめ、やがて、苦笑した。

そうだ。この人はこういう人だった。おおらかというか大雑把《おおざっぱ》というか、豪快で奔放《ほんぽう》で。

それが魅力的な、不思議な人。

真岐はふっと微笑み、くしゃくしゃになっている智哉の髪を梳《す》いてくれる。

「取り敢えず――今日は寝ろ。ゆっくりするんだ。考えるのも話すのも、全部明日以降だ。具合の悪いときに何かしようとしたって、上手くいかねーからな」

子供に言い聞かすような口調が少しだけ癪だったが、智哉は素直に頷く。さっきまでより、なんとなく身体が楽になった気がする。

それが不思議で、ベッドを降りた真岐を見つめると、同じようにこちらを見ていた彼と視線が絡む。

智哉は慌てて顔を逸らそうとしたが、それより早く、真岐の唇がそっと頬に触れた。

触れるだけのキス。なのにそれは胸の奥まで届き、そこを柔らかく温かくさせる。

唇が離れると、

「ちゃんと休めよ」

真岐は念を押すようにして言い、部屋から出て行った。

◆

「ああ……身体が軽い……」

翌朝、心地好く目を覚ますと、智哉は思わずそう呟いていた。

こんなにぐっすり眠ったのはいつ以来だろう。日本に来てからはもちろん、パリに住んでいたときも記憶にないことだ。

智哉はふっと息をつくと、ベッドから降りた。仕事に行こう。

真岐の部屋を出ると、自分の部屋に戻る。

昨日は結局、あれからもずっと真岐の部屋で過ごした。そのせいだろうか。慣れた自分の部屋の香りの中に、ほんの少し、微かに真岐の匂いが混じる気がする。

でもそれは、嫌じゃない。

智哉は清々しい気持ちで朝のシャワーを浴びると、着替えて階下に降りる。

「あ、名久井さん！」

その途端、声がした。顔を向けると、星川がほっとしたような顔で小走りに近付いてきた。

「もう大丈夫なんですか」

「うん。ごめん、心配かけて」

「いえ。でもよかったです。すみません…僕、気が付かなくて……」

「星川くんのせいじゃないよ。むしろ僕が自分のことを過信しすぎてたんだ。でももう大丈夫。永尾さんに診《み》てもらったし、昨日は一日ゆっくり休んだから」

そうして二人が話していると、その永尾が部屋から顔を出す。智哉は彼に近付くと、「ありがとうございました」と頭を下げた。

「おかげで元気になりました。自分の判断だったら、きっと無理してたと思います。無理して、みんなにもっと迷惑かけて……。お医者さんにびしっと言ってもらえてよかった」

「なんだよ、名久井さんこいつに診てもらったの？　こいつ顔に似合わずキツイだろ」

すると、新聞を読みながら話を聞いていたらしい鷹守が茶々を入れてくる。彼も永尾に診てもらったことがあるのだろうか？

そんな鷹守を永尾は軽く睨んで黙らせると、改めて智哉に向き直り「よかったです」と微笑んだ。

「でもくれぐれも無理はしないように。ギリギリまで我慢するより、そうなる前に適宜息抜きしたほうが、結果的には自分にも周りにもいいと思いますよ」

「そうですね。店の休日についても見直そうかと思いました。店を出したばかりのころは休んでる暇なんてないと思ってたけど、ずっとそのままっていうわけにはいきませんからね。スタッフの働きやすい職場を作るのも僕の仕事だし」

「ええ」

「あ――そうだ。食事は」

すると、星川が思い出したように声を上げる。智哉は微笑むと、「食べて行こうと思ってます」

と答える。途端、星川がぱっと笑顔になった。

「じゃあ、僕、作ります！」

「え」

「っていってもトーストとハムエッグぐらいですけど。それでいいですか？　あ、あとコーヒーか紅茶と」

言いながら、彼はキッチンに向かうと、てきぱきと動き始める。

「あ…りがとう……。でも気にしなくていいんだよ、本当に……」

「普段美味しいケーキを食べさせてもらってるんですから、こんなときぐらいは」

智哉の声に星川は笑顔で言うと、「まかせて下さい」と言うようにフライ返しを振ってみせる。

「ああ言ってるんだから、甘えれば」

出勤する永尾にぽんと肩を叩かれてそう言われれば、戸惑いつつも頷くしかない。そんな智哉の傍らで、鷹守は高そうなシャツを無造作に腕捲りすると、「ならコーヒーは俺が淹れよう」と腰を上げた。

智哉は気恥ずかしさが込み上げるのを感じつつ、ダイニングの椅子に腰を下ろした。

この場所は、こんなに明るくて居心地が好かったんだ……。

大きく息をついた。

シェアハウスの住人の一人でありながら、心の奥では他人と関わり合いになる気なんかない、と壁を作っていた自分。でも今は……。

智哉の脳裏を、一人の男の貌が過る。昨日、優しく真摯な言葉と温かな口付けで自分の心をとかしてくれた男の貌が。

「あ、あの、そう言えば真岐さんはどちらですか？　昨日お世話になったのでお礼を言いたいんですけど……。メレンゲの散歩ですか？」

智哉は、不自然にならないよう気をつけつつ、さりげなく真岐の動向を尋ねる。昨日は、ずっとベッドを借りていた。彼はどこで寝たのだろう。

だが「ヌシは……」と鷹守が言いかけたとき。

「お、起きられたんだな」

その真岐が、姿を見せた。外から戻ってきたのだろう。外気の気配がまだ残っている。が、メレンゲはいない。随分急いでいる様子だ。しかも、服も着の身着のままといった着乱れた風体だ。こんな朝早くにどうしたのだろうかと思っていると、

「お急ぎ下さい」

スマートフォンを持った秘書の遠藤《えんどう》が、こちらも慌ただしく姿を見せた。一緒に外から戻ってきたのだろう。だが表情が硬い。なにか普通でないことが起こったのだとすぐに知れる。

どうしたのかと尋ねかけたとき。

「イタル、大丈夫なのか？」

ファハドが供《とも》の人たちを伴って部屋から出てくる。

（「大丈夫」？）

ますます不安になる智哉の前で真岐は「さて」と、肩を竦めると、冷蔵庫から出したドリンク剤を一気に飲み干し、その足で遠藤と共に階上に上がっていく。

外から戻り、ドリンク剤を飲むためにだけキッチンに立ち寄ったのだ。それだけ急いでいる――。

智哉は一層不安になった。

「あ、あの、いったい何があったんですか？」

疎外感を覚えて尋ねると、星川がテレビをつけ、同時にタブレット端末の画面を見せてくれた。

そこでは、アメリカの森林火災のニュースが流れ続けている。火勢も凄いが、もうもうと煙が上がり画面の中はほとんど灰色だ。

呆然と画面を見る智哉の傍らから、ファハドが解説してくれた。

「数時間前に起こった火事だ。折からの乾燥と強風のせいで、かつてないひどい有様らしい。そしてこの火事で大変なことになっているのが、イタルが株主をしている会社だ」

「えっ⁉」

「あの山の麓《ふもと》に工場があるんだよ。このままだと火に飲み込まれるのも時間の問題だ」

「だから、真岐さんは今朝から凄く忙しいみたいなんです」

「あの分だと現地に行くんだろうな」

星川と鷹守の声が続く。

智哉は唖然とした。

自分が彼のベッドでのうのうと眠っていた間に、彼はこんな大変な事態になっていたのだ。しかも……現地に行く？　こんな——こんな危険そうな所に？

「そんな…現地に…なんて……」

「ヌシはそういう男だよ」

鷹守の言葉に、ファハドも頷く。

いてもたってもいられず、智哉は真岐の部屋に向かった。

「真岐さん！　真岐さん！」

立て続けにノックすると「入っていいぞ」と声がする。

入ると、真岐は使い込んだ様子の革製のボストンバッグに衣類を突っ込んでいるところだった。

その向こうでは、秘書の遠藤が書類をスーツケースに詰めている。

本当に行くのだ。あの場所へ。

「真岐さん…現地に、行くんですか？」

「聞いたのか？　ああ。ちょっとばかりやばいみたいだからな」

「わざわざあんな、危ないところに……」

「俺は『数字だけ見てあれこれ』ってのは性に合わないたちでな。気に入ったらとことんなんだ。あの会社は、俺がこの仕事を始めるきっかけになったところだ。どうなるにせよ、現地に行かなきゃならん」

「でも、あ、危ないです」

「夜のジャングルに比べれば明るいだけましじゃないか？」

本気で心配して言った智哉に、真岐は笑いながら言い返してくる。が、直後、その顔が微苦笑に変わった。

「悪い、心配してくれたのに茶化して。でも大丈夫だ。そんな顔するな」

「ど――どんな顔ですか」

「ん？　俺のことが心配で心配で死にそう、って顔だよ」

赤くなった智哉に真岐は笑うと、ちらりと遠藤を見る。彼は一瞬顔を顰めたものの、一気に荷物を詰め終えると、

「時間がないですからね！」

と言い残し、スーツケースを持って部屋を出て行く。

二人きりになった部屋。

智哉は真岐に見つめられたまま、ごくりと息を呑むと、

「ジャングル、行ったことあるんですか」

掠れた声で尋ねた。

何か言っていなければ、不安のあまり「行かないでほしい」と言ってしまいそうなのだ。それは彼の意に反するとわかっていても、それは他人に関わりすぎだとわかっていても。

すると真岐は「ああ」と微笑んで頷いた。

「その奥に住んでるっていう現地のじーさんとの交渉ごとがあってな。あのときは一週間ぐらい歩き通しだった。ガイドにも呆《あき》れられたよ。でもどうしても自分で交渉したくてな。ダメでもそれなら諦めがつくだろ。まあ、幸い上手くいって、今でもメールのやり取りなんかしてるんだが」

思い出しているのか、真岐はくすくす笑う。

彼の部屋にあったたくさんの写真。今まで彼はずっと、そうやって生きてきたのだ。一人でいろんな所に行って、いろんな人と知り合って繋がり、受け入れ、助け合って。だからこのシェアハウスに集まる人たちも、みんな本当の意味で「いい人」たちなのだ。彼の選んだ人たちだから。

真岐がそうであるように。

(ああ——)

智哉は真岐を見つめたまま、胸の中で熱い息をついた。

だから彼の笑顔にあんなに魅了されたのだ。彼の笑顔は彼だけのものじゃない。彼が今まで出会ってきた人たち全ての笑顔だから。

そのとき、真岐の手がそっと智哉の頰に触れた。びくりと見上げる智哉に、真岐はにっと笑う。

「だから、俺はお前のこともこのまま中途半端にするつもりはないぜ。帰ってきたら、改めて口説くからな」

「くど……」

目を白黒させる智哉の頰を、真岐は愛おしむようにするする撫でる。

「覚悟しとけ。その代わり向こうに行ってる最中はなかなか連絡がとれないだろうけどな。俺はどうも筆無精だし、話すと会いたくなるし」

「別にメールも電話もいりません」

「だよな。そんなものなくても俺の愛は伝わってるだろうし」

「っ」

躊躇《ためら》いもなくそんなことを口にする真岐に、かあっと頰が熱くなる。さっきから、真岐の指は頬に触れたままだ。でも嫌じゃない。

「今から海を渡ろうかっていうのにそんなこと言うんですか」

智哉は真岐を見つめ返すと、彼が荷物を詰めていたボストンバッグをちらりと見て言う。

真岐は苦笑しつつも、「ああ」と深く頷いた。

「どこにいようが俺は俺だからな。覚えとけよ。何かあったときには、俺を頼れ」

「そうならないようにしたいですけどね」

智哉が言うと、「そりゃそうだけどな」と真岐が笑う。智哉もつられるように笑った。

目に映る真岐の笑顔は眩しく、見つめていると、勇気が湧いてくる気がする。

我知らず見とれ、息を詰めて見つめていると、
コンコンコンコンコンッ！

と、けたたましいノックの音が響く。

「真岐さん！　本当に間に合わなくなりますよ！」

続いて、遠藤の焦っているような声が届いた。

その声に、「あいつは仕事熱心すぎるのが玉に瑕《きず》なんだよなあ」と真岐がぼやく。

そして真岐は慌てて彼から離れた智哉の頬に、ちゅっと音を立てて口付けた。

「続きは帰ってきてからだな」

「つ、続きなんかないです！」

「それはそのときになってみなきゃわからないさ」

真岐はボストンバッグを摑むと、「じゃあな」と軽く手を上げて出て行く。それは日帰りの旅行に出かけるような気軽さで、智哉は無事を願いながら見送るしかなかった。

◆
◆
◆

「ありがとうございました」

最後のお客を見送るスタッフたちの声が店舗のほうから聞こえてくる。

厨房の智哉はちらりと時計を見た。午後八時過ぎ。シャッターの閉まる音がして、日中はお客の声で賑《にぎ》わっていた店内に、スタッフが片づけを始める音が響き始める。

今日も無事に一日が終わった。

だが智哉にとっては、ある意味これからのほうが肝心だ。

作業台の上に並べた試食用の新作菓子を改めて眺めると、智哉はふうっと安堵《あんど》と満足の息をついた。

猫の形と犬の形、そして二匹の型を抜いた三種類の焼き菓子に二種類のプチケーキとゼリー。

何度となく試作を繰り返したが、ようやく満足いくものができた気がする。

ヒントを得たのは、真岐が旅立っていったあの日。仕事を終えて部屋に戻り、彼のペットたちと遊んでいたときだった。仕事疲れを彼らに癒してもらっている最中、ふと、彼らのための菓子を本気で作ってみたらどうなるだろうと思ったのだ。

ホームセンターで売られているものは、どちらかといえばペットフードの延長のようで、端的に言えばあまり美味しそうな見た目ではない。逆に、ペットショップで売られているものは、デコラティブでいかにも「ペットのためのお菓子」のようで自然さがない。

そこで、その中間のようなものは作れないだろうかと思ったのだ。パティスリーで普通に売っているような、人間でも食べられそうな、そんなペット用の菓子が作れないだろうか、と。

大切なペットとそれを可愛がる主人とが、共に『Jacob's Ladder』の菓子を楽しみ、ゆっくりとした時間を過ごすのだ。

そう思いついてからというもの、智哉はペット用の菓子の素材やその入手方法、製法やコストなどを調べるのと平行して、試作に励んできた。

犬用、猫用の試食はメレンゲとザラメに。人間用のものは店のスタッフの他、シェアハウスの面々にも食べてもらっては意見を聞き、改良に改良を重ねてできたのが今日のこれらだ。

毎日毎日焼き菓子とケーキとゼリーを持って帰っては食べてもらって――と言うよりは食べさせていたからか、甘い物が好きだという住人たちも三日目にはさすがにうんざりした顔を見せていたけれど、毎日丁寧に感想や批評を伝えてくれた。

星川はパッケージを含めたデザインについても感想を言ってくれたし、鷹守は販売方法や採算についての助言もくれた。永尾は「どうせなら人間用のものも健康志向の製品にしてはどうか」とアドバイスしてくれたし、ファハドは美食家だけあって、菓子の味や食感や香り、形について一番細やかに意見を言ってくれた。

当初は「試食用のいい外部スタッフができた」と思っていた程度の住人たちだったが、今や智哉の菓子作りにとって欠かせない存在になりつつある。

智哉は、あのシェアハウスに住めたことに心から感謝する。

だがそんな中、心なしか物足りないのは真岐がまだ帰ってきていないからだ。彼が旅立ってから、もう一ヶ月近くが過ぎた。

火事自体はあれから五日後ぐらいに沈静化したようだが、工場の一部はやはり被害を受けたらしい。きっとその収拾に追われているのだろう。鷹守の話では株価が大変な落ち込みようのようだし、ニュースでも怪我人や家を無くした人が多く出たと言っていたから、現場はまだまだ混乱しているに違いない。

けれど不思議と、不安はなかった。

もちろん彼が無事でいるかどうかは心配だ。災害地だし海外だし、なにが起こってもおかしくはないから。

でもなぜか、それが気になって仕事が手につかなくなるということはなかった。むしろ、彼はきっと頑張っているから自分もやらなければ、と、前向きに思えたほどで、それは今までにない感覚だった。

(こういうこともあるんだな……)

智哉は胸の中で呟く。

誰かと深く関われば、その相手のことを考えすぎて何もできなくなると思っていた。そしてどんどん、駄目になってしまうのだと、そう思っていた。夢の妨げになるのだと、夢を食いつぶしてしまうものなのだと。

けれど。

「そうじゃないんだ……」

そうじゃなかった。違っていた。

それを教えてくれた真岐に、智哉は大きな感謝を抱く。

するとそのとき、

「お疲れさまでした」

店のほうからスタッフたちが戻ってくる。

「お疲れさま」

労《ねぎら》う智哉の声に重なるように、作業台の上を見た彼らから「おーっ」と感嘆の声が上がった。

「すごーい！　可愛いですねえ」

「ゼリー、二種類とも出すんですね」

「大きさもいい感じじゃないですか。これならプレゼント用にもいいと思いますよ」

そして次々と感想を口にする彼らに、智哉は「ありがとう」と感謝を告げた。

「このところは、きみたちにも随分負担をかけたと思うんだ。僕の我が儘で試作にかかりっぱなしだったし。でもそのおかげでいいものができたと思う。これを目当てに来てくれるお客様がますます増えればいいなと思うよ」

「きっと増えますよ。発売はいつからの予定ですか？　春の新作と一緒…だと宣伝に間に合いませんよね」

「うん……」

智哉は曖昧な声で小さく頷いた。じわりと頬が熱くなる。自分でもらしくないことをしているとわかっている。でも譲れなかった。

「実はこれは、ある人に食べてもらってからと思ってるんだ。だから店で売り始めるのは、その後…かな。その人、ちょっと海外に行ってるから、いつになるのかはわからないんだけど……」

「え……」

智哉の言葉が余程思いがけなかったのか、スタッフ全員、一言零したきり黙ってしまう。

智哉は慌てて「違うんだよ」と声を上げた。

「き、きみたちが想像したみたいな、そういう人じゃなくて、これを作るヒントをくれた人っていうか、そういう――」

しかし智哉が焦りつつそう言い募っても、三人は曖昧な笑みを見せるばかりだ。やっぱり「らしくないこと」なんか考えなければよかった……と、智哉が思ったとき。

「ま――まあとにかく、売るのはもう少し先っていうことですね。わかりました。じゃあ今夜は一旦完成ってことで」

「そうだよな。うん。一旦完成」

「そうですね！　完成おめでとうございます！　じゃあ記念に少しだけ飲みに行きませんか」

三人は口々に言う。智哉は苦笑しながらも頷いた。

「うん。じゃあ、行こうか。完成記念と…みんなにお世話になったお礼に、僕がごちそうするよ」

「えっ？　いいんですか？　やったあ！」

嬉しそうに声を上げる三人は、もう智哉の話したことより飲み会のほうが気になるようだ。スマートフォンを出すと、「ここにしよう」「あそこにしよう」と顔を寄せ合って話している。

智哉は再び苦笑すると、片づけに戻った。

◆

「ごちそうさまでした」

「うん、明日はゆっくり休んで、また明後日からよろしく」

「はい。お疲れさまでした」

「お疲れ」

近くの店での飲み会を終えると、智哉はビルの前で彼らと別れた。

午後十時少し過ぎ。昼間は東京の中心として人も車も多いこの辺りだが、夜になると別の場所かと思うほど静かになる。車はさすがに絶え間ないが、人通りはまばらだ。

春の夜の心地好い空気を吸い込むと、智哉は「さて帰ろう」と踵を返す。

明日はビルのメンテナンスで、店は丸一日休み。降って湧いた休みに、わくわくする。

この一ヶ月ぐらいは通常の店の営業と新製品の試作で大忙しだったから、ゆっくりできるのは久しぶりだ。

買い物に出るのもいいし、部屋の模様替えもいいかもしれない。読みたい本もあるし、観たい映画もある。

「なにしようかな」

呟いたとき、ふと、真岐にメールでもしてみようかという考えが頭を過った。

実を言えば今までも何度か考えたのだが、自分のほうからわざわざメールすることなんて、とせずにいたのだ。迷惑になったら…と気遣う気持ちが半分、こっちから送るなんて癪だという思いが半分で。

だが明日が休みだと思うと、彼に近況を知らせたい気持ちになった。なにより、新作の菓子ができたことを伝えたいと思ったのだ。彼に、一番に。

宛先のアドレスは住人の誰かに訊けばわかるだろう。もしくは秘書の遠藤さんに送ればいい。彼を経由すれば、真岐にメッセージを届けることはできるだろう。

「気に、してるなあ……」

そこまで考え、智哉は苦笑しつつ呟いた。

特別な誰か一人を気にするなんて久しぶりだ。ロラン以来だ。

ということは、自分はやはり彼を好きになってしまっているのだろうか。

少なくとも、会っていないときにも相手のことを考えてしまうほどには気にしている。そして、自分が必死になって作った新製品を誰よりも食べてほしいと思うほどに。

彼が帰ってきて、会ったら、自分はどうなるのだろう?

その不安と静かな興奮に思わず胸を押さえたとき。

「智哉くん」

不意に背後から声がした。

聞き慣れない声に驚きつつも足を止めて振り返る。すると、暗闇の中から一人の男がぬっと姿を見せた。

誰だろうかと目をこらし、数秒後、智哉は驚きに息を呑んだ。

「富士崎《ふじさき》さん……」

そこにいたのは、智哉がパリにいたころ、店に足繁く通ってきていた男、富士崎だった。

商社のパリ支社の駐在員として働いていたのだが、現地の人たちと上手くやれずに悩んでいたらしく、一度偶然店にやってきてからというもの、日本人であり日本語の通じる智哉にしつこいほど執着していた人だ。店で世間話をするぐらいならまだよかったのだが、そのうち、他のお客と話しているところに割り込んでくるようになったり、閉店後も会おうとしてきたり、家までやってくるような真似までし始めたため、我慢できなくなり、一度きつく断ったこともあった。

その後も彼は智哉をつけ回し続けたが、毅然《きぜん》と無視しているうち、いつしか姿を見なくなった。彼も日本に帰っていたのか。

しかも、なんだかその様子は普通じゃない。身なりは荒《すさ》んでいるのに、目だけは何かに憑《つ》かれたように、やけにぎらついているのだ。

思わず一歩下がると、彼は一歩近付いてくる。

「久しぶりだね」

そして、目を細めて笑って言った。

「智哉が恥ずかしがってなかなか話しかけようとしないから、僕のほうから話してあげるよ。感謝しなよ」

また一歩近付いてくる。笑っているがどこか空《うつ》ろだ。その表情と距離感のおかしい言葉に恐怖を覚え、さらに下がる。すると、富士崎はますます可笑《おか》しそうに笑った。

その笑いは、次第に暗い粘着質なものに変わる。

「それにしてもひどいなあ。いきなり引っ越すなんて。勝手に日本に帰ったときもショックだったんだよ？　どうして恋人の僕に断りもなくそんなことをするんだい」

「!?」

「あんなに毎日愛し合ったのに。僕の好きなケーキをいつも作ってくれたし、僕が店に行くと嬉しそうに話しかけてきたし、帰りも送ってほしがって」

「富士崎さん！」

そんな事実はない。一度も。智哉は背中が冷たくなるのを感じながらあとずさる。その腕が、グッと摑まれた。顔が近付く。振り解きたいのに、恐怖のせいか身体が動かない。

富士崎が目を細めた。

「でもね、いいんだよ、許してあげる。僕は優しいからね。いつでも見守ってるよ。どこに引っ越しても僕がちゃんと見守ってるから安心して」

「！――」

その言葉に、智哉は慄いた。

もしかして。

怖さに震え始めた歯を必死で嚙み締める。

以前住んでいたマンションで誰かに見られているような気がしていたのは、ひょっとして彼が見ていたせいだったのだろうか。ずっとずっと彼に見られていたのだろうか。ここに来てからも？

恐る恐る富士崎を見ると、彼はニイッ…と口元を歪めて笑う。

それを見た瞬間、智哉は恐怖と不快さに耐えられず、思い切り彼を突き飛ばしていた。

「智哉！」

引き留める声にますます恐怖が高まる。智哉は夢中で駆け出したが、すぐにその腕を掴まれる。

「っ——」

踠《もが》くように必死でそれを振り解くと、智哉はビルの中に駆け込んだ。人気のない廊下を抜け、店の中に逃げ込む。だが通用口の扉を閉める寸前、追いかけてきていた富士崎に阻《はば》まれた。外から強く引っ張られ、智哉は必死でドアを閉めようと引っ張り返す。

「富士崎さん！　いい加減にして下さい！」

ドアノブを摑み、懸命にそれを閉めようとしながら智哉は叫ぶ。しかし返ってくる声はない。ただ荒い息だけが響き、ドアが凄まじい力で引っ張られる。

「帰って下さい！　富士崎さん！」

智哉が悲鳴のようにそう声を上げた次の瞬間、

「あっ——」

グンッと一層強く引っ張られ、智哉は大きく体勢を崩す。はずみでノブから手が離れ、ドアが大きく開いた。

途端、動物のように荒い息を繰り返す富士崎がぬっと姿を見せる。

智哉は慌てて下がったが、思うように身体が動かない。厨房の作業台やシンク、ラックにぶつかり、そのたび、鍋やボウルが落ちて大きな音を立てた。

逃げ出したいのに、脚が震える。

厨房には刃物だって多い。最悪の事態を考えて青くなっていると、パチッと音がして厨房の電気がつけられる。

息を呑む智哉の目に映ったのは、汗だくで息を乱した富士崎の姿だ。彼は目が合うと、うっとりしたように笑う。次の瞬間、彼の目が、作業台の上に向いた。新作の菓子だ。

富士崎の顔がますます歪《いびつ》に笑んだ。

「僕のために用意してくれてたんだね。さすが智哉だ」

言いながら、彼が手を伸ばした瞬間、

「触らないで下さい！」

智哉は咄嗟に声を上げると、富士崎を突き飛ばしていた。

これは——これだけは絶対に触られたくない。

こんな男に触られたくない。自分が必死に、大切に作ったものだ。誰より先に真岐に食べてもらいたくて。

するると、富士崎はみるみる顔色を変えた。

「どうしたの、智哉。どういうことかな。どうして恋人の僕が食べちゃいけないんだよ」

「あ、あなたは恋人なんかじゃありません！　早く出て行って下さい！」

「智哉――」

「名前で呼ばないで下さい！」

「どうしてそんなことを言うんだ智哉――」

腕を掴まれ、思わず振り払う。すると富士崎は顔を歪め、いきなり智哉の喉元に手をかけてきた。

「っ……っ」

「ほら――それをこっちに渡すんだ、智哉。それは僕のだ。僕が食べてあげるから」

「っ…いや、です……っ」

「きみが作ったものは全部僕が食べるんだ。きみだって僕に食べてほしくて作ったんだろう？　恋人なんだから」

「違う……」

智哉は苦しさにきつく眉を寄せながら大きく頭を振った。

違う。違う違う。

こんな男のために作ったんじゃない。

この店のために作ったのだ。そして食べてほしいのは――。

「はな…せ……」

智哉は声を絞り出す。だが喉にかかる手は弛《ゆる》まない。そのままドンッと、冷蔵庫に押し付けられた。

引き離したいが、胸に抱いた菓子から手を離せばこの男に取られて食べられてしまうと思うと離せない。こんな男に指一本触らせたくない。

「智哉――」

富士崎が脅しのような懇願のような濁った声を上げる。それでも首を振ると、さらに強く締められる。

息が苦しい。目の奥が赤い。頭がぼうっとし始める。

（真岐さ、ん……）

智哉は胸の中で真岐を呼んだ。こんなことならもっと早く連絡しておけば良かった。一言だけでも、とりとめのないことでも。

あの日が最後だったなんて嫌だ。

もう会えなくなるなんて――。

苦しさと悔しさに涙が滲む。そんな智哉の首を絞めたまま、富士崎が顔を寄せてくる。顔を背け、ぎゅっと眉を寄せたときだった。

「智哉！」

突然、厨房に声が響いた。

驚いた富士崎の手が弛み、智哉が崩れるように逃れた直後、

「ッ！」

重たいものがぶつかったかのような鈍い音とうめき声が聞こえ、薙《な》ぎ倒されたかのような勢いで富士崎がシンクまで吹き飛んでいく姿が視界を過る。

彼は手足をだらしなく伸ばしたまま、ずるずるとそこに崩れ落ちていく。動かない。

咳き込みながら、智哉が何が起こったのかと思っていると、

「大丈夫か」

その肩が、大きな手に強く摑まれた。顔を見れば、そこにいたのは他でもない、真岐だった。

最後に会ったときよりもいくらか痩せて陽に焼けている。髭も伸びて、今までにも増してワイルドだ。だが、間違いなく彼だ。

「真岐、さん……」

本当に来てくれた。

呼んだら、本当に来てくれた。

呆然と見つめると、真岐は智哉を安心させるかのように一つ、大きく頷く。そしてぎゅっと抱き締めてきた。

「もう大丈夫だ。もう大丈夫だからな」

そして宥《なだ》めるように智哉の背を撫でる。確かめるように、おずおずと智哉が抱き締め返すと、

「呼んだだろ、俺のこと」

耳元で声がした。

「お前の声がしたんだ。間に合って良かった」

「……」

背を撫でる手の大きさと温かさに、涙が零れる。

「っ――」

声にならない声を上げ、夢中でしがみ付くと、その身体をきつくきつく抱き締められる。

温かい――本物だ。帰ってきた。来てくれた。来てくれた――。

そうしていると、遠藤と共にビルの警備員や警察官が入ってくる。一気に慌ただしくなる厨房の中、智哉は真岐に抱えられながらそろそろと立ち上がると、

「どうして、真岐さんはここに……」

まだ掠れた声で尋ねる。すると彼は「お前に会いたかったんだよ」と当然のように言った。

「さっき帰ってきたんだが、早くお前に会いたくて部屋に戻る前にこっちに寄ってみたんだ。お前のことだから、閉店後もまだ居残って仕事してるんじゃないかと思ってな。まさか、こんなことになってるとは思わなかったが」

「……凄い偶然……ですね」

「そこは『凄い愛の力ですね』だろ」

真岐は笑いながら言うと、片腕で智哉を支えたまま遠藤に指示をする。

そのまま真岐と共に通用口から外へ出ようとした途中で、

「あ」

慌てて、智哉は踵を返した。真岐に抱きついたはずみで落としてしまった菓子のことを思い出したのだ。

拾い上げると、

「それ、作ってたのか？」

真岐が尋ねてくる。

その通りなのだが、いざとなると「あなたに食べてほしい新作です」と打ち明けるのが恥ずかしい。

結局、何も言えずただぎこちなく頷くと、真岐は「そうか」とにっこり笑った。

「その菓子も、美味いんだろうな。どこで何してても、お前の作ったものが食べたくて堪らなかったよ。お前の作ったものと、お前のことばかりずっと考えてた」

店を出ると、エレベーターまでの廊下を歩きながら、彼は言う。

久しぶりに聞く彼の声で紡がれる熱烈なその言葉は、智哉の頬を赤くさせ、心を震わせる。思わず足を止めてしまうと、真岐も足を止める。智哉を見つめ、真岐は続けた。

「会いたかった。早く帰りたかった。火事は大変で工場は大ごとで会社も大騒ぎで、社員に被害がないのがせめてもの幸いってときでも、気が付けばお前のことばかり考えてた。今頃なにしてんだろうとか、また倒れてんじゃねえだろうなとか、あれだけ言ったのに、また誤解がぶり返して鬱々《うつうつ》としてんじゃねえかなとか」

話しながら再び歩き始めると、真岐はシェアハウスへ通じるエレベーターに向かう通路を通り過ぎ、外へ出る。

智哉もそれに続いた。外に出ると、そこにも警察官の姿が見える。ぎょっとした智哉に、

「遠藤が通報したんだ」

と、真岐が説明してくれた。

「あとのことはあいつに任せておけばいい。なるべくお前が面倒なことにならないように、上手

くやるさ」

そしてそう続けると、夜の街を特にあてもないような足取りでゆっくりと歩き続ける。黙って智哉も続いていると、やがて、少し前を歩いていた真岐がふと、足を止めた。

「――なあ、智哉」

夜の丸の内。いくつものビルが立ち並ぶ中、そのどれよりも高く美しいビルを背景に彼は振返ると、まっすぐに智哉を見つめてくる。

外灯に照らされた彼の瞳は、怖いほどに真摯で魅惑的だ。動くこともできずに見つめ返す智哉の前で、真岐は静かに言った。

「俺のものになれよ。怖がらずに、素直になれ」

その声は優しく温かだ。ふざけたところもからかいもまったく感じられない、包み込むような声音。

そのまま近付いてきた彼に、ゆっくりと抱き締められた。さっきは気付かなかった香りがする。真岐の香りと夜の香りと異国の香りだ。懐かしいような甘いようないつまでも感じていたい香り。彼の体温を感じていると、身体が溶けるようだ。

抱き締めたまま、真岐は続けた。

「お前が好きだ。智哉。お前だから好きだ。気の強いところも仕事に真面目なところも、恐がりなどころも、焼きもち焼きなところも、全部好きだ」

「……」

「愛してる。離れてる間も、ずっと伝えたくて堪らなかった。だからお前も怖がらずに、自分の気持ちに素直になれよ」

そう言うと、真岐は智哉の背中を優しく撫でる。智哉は顔を上げると、間近から真岐を見つめ返す。

「自信家なんですね、真岐さんは」

自分を抱き締める男の瞳を見つめたまま、智哉は言った。

「僕があなたのことを好きだって決めつけて。どれだけ自信家なんですか。僕の素直な気持ちが、あなたへの好意とは限らないでしょう。あなたみたいな人は大嫌いだって、言ったはずです」

「前はな。でも今は違うだろ」

「だからなんでそう――」

「逃げないからだよ」

真岐は、智哉の腰を抱く手に軽く力を込めて言った。

「こうしてても、逃げないからだよ。気持ちいいんだろ、こうしてると。離れたくないだろ。俺もそうだ。だからわかるさ」

「……」

柔らかく微笑んで、真岐は言う。

その笑顔はいつも、いつまでも見ていたい笑顔だ。けれど同時に胸が苦しい。怖くなる。本当に――本当に自分の気持ちに素直になっていいのだろうか。大丈夫なのだろうか？　溺《おぼ》れて、翻弄されて、大切な夢を失ってしまわないだろうか。

ロランのように――。

「……僕には、昔、恋人がいたんです……」

気が付けば、智哉はそう口にしていた。真岐に抱き締められたまま、智哉は昔々の思い出を紡ぐ。

「恋人で…そしてなにより仲間でした。一緒に夢を見ました。でも彼は……結局その夢を諦めることになってしまいました。恋と夢とのバランスがとれなくなって――自分を傷つけて……。僕はそれを止められなかった。恋人だったのに、気づけなかった。それ以降、僕は凄く怖いんです。彼には才能があったのに、僕よりもずっとずっと優れたパティシエになれたのに、恋のせいで夢を叶えられなくなってしまった。恋をしたら、僕もそうなるんじゃないだろうか……って……」

真岐の胸元に縋るようにしながら、智哉は打ち明けていた。後悔。不安。恐怖。

幸せなはずの恋。でも自分はその恐ろしさも知ってしまったから。

それに——自分は再び誰かを好きになってもいいのだろうか……。

俯いたまま唇を噛んだそのとき、

「大丈夫だ」

温かな声がしたかと思うと、そっと背をさすられる。顔を上げると、真岐の柔らかな笑顔があった。

「言っただろ。お前なら大丈夫だ。何があっても仕事に対する情熱がなくなることはねえよ。それに俺なら、お前が不安に思うような状況にはさせないから安心しとけ。何しろ俺は、お前の店やお前が作る菓子の一番のファンだからな。お前の夢を潰させるような真似はしないさ」

にっこり笑ってみせるその貌は、見ているとどんな不安も心配も消えてしまうような温かさだ。

「……ずるいなあ……」

その笑顔を見つめたまま、智哉は泣き笑いのような声で言った。悲しくないのに、涙が滲む。

「そんな顔して言われたら、信じるじゃないですか。そんな笑顔で言われたら…僕……」

智哉はぎゅっと、真岐の服を握り締めた。

いるのだ。この世界には。どんなに高い壁を築いていても、どんなに固い塀を巡らせてみても、それを軽々と越えてくる人が。心の中にするりと入り込み、摑んで止まない人が。

——笑顔一つで。

最初に出会ったときから惹《ひ》かれていたのかもしれないと打ち明けたら、真岐はどんな顔をするだろう?

嬉しそうに笑うだろうか。それとも当然だというように微笑むだろうか。

なににせよ——それこそ、いつから惹かれていたにせよ、もう自分は恋に落ちてしまった。

今この瞬間、自分は恋をしている。

真岐に。

目の前のこの男に。

「ロランは…幸せだったんでしょうか……」

ぽつりと智哉が呟くと、真岐は「きっとな」と頷く。彼は深く頷き、言った。

「好きな相手と恋して幸せじゃないわけがない」

その言葉を聞いた途端、智哉は息が止まった。真岐を見つめたまま、動けなくなる。

気付けば、涙がぼろぼろ零れていた。

「っ……っ……」

堰《せき》を切ったように、あとからあとから涙が零れる。

ずっとずっと——誰かにそう言ってもらいたかったのだ。悲しい結果になってしまった恋。でも、しなければよかったとは思いたくなくて。

いつしかきつく真岐の服を握り締めて嗚咽《おえつ》する智哉を、真岐はただじっと抱き締めていてくれる。

やがて、ひとしきり泣いた智哉が涙を拭って顔を上げると、微笑んでいる真岐と視線が絡んだ。子どものように泣いてしまったことが恥ずかしい。智哉はふっと息をつくと、まだ潤んだままの瞳で真岐を見つめ返す。そして改めて、口を開いた。

「僕じゃなきゃ、駄目なんですか？」

「ああ」

「そんなに僕のことが好きなんですか」

「ああ」

「誰かの…代わりじゃなく？」

「ああ、そうだ。俺は、お前が好きなんだ」

智哉が一つ一つ尋ねるたび、真岐は一つ一つ真摯に答えてくれる。

「お前を愛してるんだ」

そして真岐は先刻よりも一層の熱を込めた声音で智哉に愛を伝えてくる。

智哉はその熱が胸の中に満ちるのを噛み締めながらしばらく真岐を見つめると、ややあって、「はい」と、深く頷く。

顔を上げ、躊躇いなく言った。

「僕も、あなたを愛してます」

口にすると、悦《よろこ》びに全身が震える。

もう一度誰かに愛を伝えられると思っていなかった。人と深く関わることを、人を愛することを避けていた自分が、また誰かを好きになれるなんて。

「僕も、あなたを愛しています。真岐さん……」

もう一度伝えると、悦びはさらに大きな波となって身体の隅々まで広がっていく。

その身体を、優しく、けれど強く抱き締められた。

「ありがとう――」

耳元を真岐の声が擽《くすぐ》る。

「素直になるのも、悪くないだろ」

頰に頰が触れる。温かで、どこかくすぐったい。智哉は「そうですね」と頷いた。

「悪くないです。ええ……気持ちがいいです」

自分で自分の変化が嬉しい。そして、そんな変化を助けてくれた彼に出会えたことが。

真岐の額が、智哉の額に触れる。すぐ近くから見つめられる。恥ずかしい。でも嬉しくて見つめ返したままでいると、真岐の指が頰に触れ、そして頤《おとがい》に触れる。

「愛してる――」

微かに掠れた声は今まで聞いたどんな彼の声よりセクシーで、智哉は聞き惚れるようにそっと目を閉じる。

その唇に、唇が音もなく触れた。

◆

その後、秘書の遠藤から連絡を受けた真岐によれば、警察への説明は明日改めてということになったらしい。

シェアハウスの他の住人たちには、真岐が話をしてくれた。みな、智哉が驚くほど心配してくれて、改めて、智哉はここへ越してきて良かったと思わずにいられなかった。

「それにしても、大変な一日だったな……」

部屋へ戻り、ベッドの上に腰を下ろすと、智哉はふうと息をつく。

新作の菓子が完成して喜んだのも束の間、思ってもいなかったことが次々起こり、まだ全身が昂《たかぶ》っている。疲れているはずだからゆっくりしようと思っていたのに、これでは眠れそうにない。

それに……。

智哉は、今は閉じているドアを見つめる。

このドアを開けて数歩歩けば、真岐の部屋に着く。今の自分が一番大切だと思っている相手の部屋に。自分のことを愛していると言ってくれた男の部屋に。

改めてそう思うと、そわそわと落ち着かなくなってしまう。

微かに唇を嚙んだとき。

「あ——そうだ……」

持ち帰った菓子のことを思い出し、智哉はベッドから起き上がる。机に近付くと、そこに置いてある菓子を見つめた。

今日、やっと出来上がったこの新作。真岐は食べてくれるだろうか。今から渡しに行っていいだろうか。

「でもそれって……」

なんだか会うための口実のようだ。

これは、そんなことに使いたくない。

「食べてほしいのは本当だけど……」

どうしようか、と智哉が溜息をついたときだった。

コンコン、と部屋のドアがノックされる。

智哉はびくりと慄《おのの》いた。

(真岐さん――?)

どきどきしながらドアを開ける。そこには想像通り真岐が立っていた。足下にはメレンゲ、腕の中にはザラメを連れている。

「ど、どうしたんですか?」

驚いて智哉は尋ねる。すると彼はザラメを抱えたままメレンゲと共に部屋に入ってきた。

「お前が寂しがってるんじゃないかと思ってな。こいつら連れてきたんだ」

そして智哉の腕に、ザラメを渡してくる。

もうすっかり慣れたからか、彼は智哉に抱かれていてもおとなしい。智哉はその温もりに相好を崩した。

メレンゲも、はふはふと近付いてくる。智哉はしゃがみ込むと、ザラメを抱いたままメレンゲの頭を撫でた。

「ありがとう。お前も心配してくれてるのかな。大丈夫だよ」

言いながらわしわしと頰の辺りを撫で、首を撫でてやると、メレンゲは気持ちよさそうに目を瞑る。

ひとしきり撫でてやると、智哉は立ち上がり、さっき手にしていた菓子を取る。

「どうぞ」と真岐に差し出すと、目を瞬かせる真岐に説明する。

「実はこれ、うちの店で近々発売する予定の新しいお菓子なんです。ペットと飼い主が一緒に楽しめるようにと思って作ったお菓子の一つで……それは人間用になります」

「へえ。ああ──なるほど。だからこれ、猫と犬の形なのか。可愛いな」

智哉の話に頷きながら、真岐はそれをためつすがめつする。興味津々といったその顔は、まるで子供のようだ。

その表情を嬉しく思いつつ、智哉は意を決して言った。

「それで……よかったらそれ、食べてくれますか」

「俺が？　いいのか？」

目を丸くする真岐に、智哉は頷いた。

「ええ。そのお菓子、今夜完成したんです。だから真岐さんに…その…一番に食べてほしくて……」

さりげなく言おうとしたつもりが、上手くいかずたどたどしくなってしまう。恥ずかしくて、真岐の顔を見ていられない。真岐が何も言わずにじっと見つめ返してくるからなおさらだ。

いつもうるさいぐらい喋る男なのに、どうしてこんなときに限って黙るのか。

智哉は赤くなっているに違いない顔を見せたくなくて、くるりと真岐に背を向ける。

「その…実はそれを作るにあたって、ザラメとメレンゲにヒントをもらったんです。だからその…やっぱり、飼い主のあなたに一番に食べてもらうべきかな、って……」

しかし、まだ真岐からの声はない。

ひょっとして、こういう菓子は嫌いだったのだろうか。

不安になったときだった。

「これ、確かお前が大事に護《まも》ってたやつだな」

智哉の背中に、声がした。

「あの男に摑みかかられてたときも、大事に持ってたやつだ。思い出したよ」

そしてすぐ後ろに人の気配がしたかと思うと、背後から包むように抱き締められた。

動揺に、身体が強張る。

「ま、真岐さん？」

辛うじて声を出した智哉のその首筋に、真岐の唇が触れた。

「俺のために護ってくれたんだな。嬉しいよ。すげー嬉しい」

「べ、別にあなたのためってわけじゃ……！」

智哉は声を上げたが、抱擁《ほうよう》は一層強くなる。

逞《たくま》しい腕と広い胸。抱き締められたまま、智哉はぽつりと呟いた。

「ただ、その……あなたに食べてほしいとは思ってました。できれば、一番に……。いつ戻ってくるかわからなくても…だから…その……」

「ああ」

「メレンゲたちの、飼い主だから……だから……」

「それだけか？」

囁きと共に耳殻《じかく》に口付けられ、智哉はそこが燃えるように熱くなっていることを思い知る。

声が出ない。動けない。

恥ずかしさに為す術なくされるままになっていると、

「なあ」

低く掠れた、真岐の声がした。

「この焼き菓子、あとでいいか」

「え……？」

「食うの、あとでいいか。いいよな」

「え、ええっ!?」

そして声がしたかと思うと、瞬く間にくるりと身体を反転させられ、そのまま口付けられた。

「んんっ――」

それまで経験したことのない、噛み付くような貪るような情熱的なキスだ。きつく抱き締められ、深く口付けられ、突然のことに智哉は狼狽えるしかない。

「ん、ん…んんっ……っ」

息まで奪われるような激しさと快感に、目が回る。頭がぼうっとして、何も考えられなくなる。

やがて気付けば、智哉はくらくらした頭のまま、ベッドの上に座り込んでいた。

はっと気付いて辺りを見回せば、「ほらほら」と急かしながらメレンゲとザラメを部屋の外に追い出す真岐の姿が見える。真岐は二匹を部屋の外に出すと、ドアを閉め、着ていたシャツを脱ぎながらベッドに近付いてきた。

「あ——あの」

「悪いな。お前が先だ」

「え……」

「待てねえんだよ。あんな可愛いことされて、我慢できるほど大人じゃないんでな」

「かわ、可愛いって……っ」

そのまま引き剝《は》がすようにシャツを脱ぎ、半裸でベッドの上に上がってきた真岐にのし掛かられ、智哉は狼狽に上擦った声を上げる。

真岐はそんな智哉の服を脱がしながら、目を細めて笑った。

「メレンゲたちの飼い主だからってことにかこつけて、一番に新作を食べさせてくれようとしただけでも嬉しいのに、耳まで真っ赤にしてぷるぷるされたら、我慢できなくなるに決まってんだろ。ったく……今日はあんなことがあったから我慢しておこうと思ったのに…俺の努力が水の泡だ」

「我慢…って……っ」

シャツのボタンが外され、露《あらわ》になった胸元を真岐の手が忙しなく滑っていく。肌の質感を楽しむように何度も何度も胸元を、そして腰や腹部を撫でると、やがて、胸の突起を確認するかのようにそっと触れてきた。

「んっ――」

痺れるような甘い刺激に、びくんと身体が慄く。そんな自分の反応が恥ずかしくて隠れるように踠いたが、真岐にのし掛かられたままでは動けない。

「っ…真岐さん……っ……」

「なんだ」

「『なんだ』って……だから…あの……ちょっ…ちょっと待って下さい……僕――」

突然のことに翻弄され、頭がついていかない。まさか急にこうなるとは思っていなかった。

「あ…っ……ァ……!」

だが次の瞬間、弄《いじ》られていた胸の突起をきゅっと摘まれ捏《こ》ねられたかと思うと、反対側の乳首にちゅっと口付けられ、一際高い声が溢れた。

顔が熱い。息が熱い。身体の奥が熱い。恥ずかしいのに気持ちがいいから一層恥ずかしい。羞恥に耐えられず、身体を硬くしてもじもじと身じろぎを繰り返していると、それを訝しく思ったのか真岐がふっと顔を上げた。

額に落ちかかっている髪がセクシーだ。伸びたままの髭。焼けた肌。間近で見つめ合っている上に密着している身体。全てが恥ずかしくてどうすればいいかわからない智哉の頬を真岐の指がスイと撫でた。

「……嫌なのか？　ひょっとして」

直截《ちょくさい》な質問に、ますます頬が熱くなる。

嫌じゃない。けれどそう答えるのも恥ずかしくて、智哉は辛うじて頭を振った。

ああもう——いい歳をして何をやっているのか。

「い、嫌じゃない、ですけど」

「けど？」

「けど、心の準備が…って言うか……」

いきなりこんなことになるなんて反則だ。

だが真岐はそんな智哉の言葉に「準備なんてやってるうちにできるもんだろ」とあっさり言うと、そのまま智哉のズボンのベルトに手をかける。

智哉は慌てて、その手を押しとどめた。

「ふ、不安なんです！　ちゃんとできるかどうかとか、真岐さんが満足するかどうか、とか……」

言い終えると、恥ずかしさに目眩《めまい》がした。みるみる耳が熱くなるのがわかる。

いっそ消えたい——。そう思ったとき。

「心配すんな」

真岐の大きな手に、くしゃっと髪を撫でられた。

「そんな心配、するだけ無駄だ、馬鹿」

「ば……」

「好きな相手とするのに、満足もなにもあるか。そんなどうでもいいことで止めんな。こっちはもう大変なんだよ」

そう言うと、真岐は自身の身体を押し付けてくる。服越しでもわかるその大きさと熱さにますます赤面する智哉に、真岐はにっと笑って言った。

「それにそんな不安、このまま続けてりゃ三分も経たないうちにどうでもよくなる。すぐに何も考えられないようにしてやるよ」

そして自信たっぷりにそう言って笑うと、改めて静かに口付けてきた。

今度は味わうように、確かめるように啄《ついば》むように何度も口付けてくる。その甘さに引き込まれるように智哉も応えていると、口付けは次第に深く激しいものに変わっていく。

「ん……」

舌に舌が絡むたび、気持ちよさに鼻にかかった声が漏れる。舌先で上顎の凹《くぼ》みをなぞられ、そのむず痒いような快感に背中が震える。

「っふ……」

後を引く心地好さに、唇が離れたあとも艶めかしい息を零すと、のけぞったその喉元にも熱い唇が触れる。

その唇は耳殻に、首筋に転々と熱い跡を残し、やがて、再び胸の突起に辿り着く。

「っん……っ――！」

先刻とは逆の乳首を口に含まれ、智哉はその刺激に大きく背を撓《しな》らせた。

そのまま ちゅうちゅうと吸い上げるようにして刺激されると、そのたび湧き起こってくる甘い快感に頭の芯まで痺れるようだ。腰が自然とわななき、ズボンの下では昂った性器が熱く硬くなり始めている。

「は……っぁ……っ」

きつく吸い上げられるたび、びく、びくと背を震わせていると、反対側の乳首を弄りながら、真岐がくすりと笑った。

「ここ、好きなんだな。さっきからえらく感度がいい」

「し…知りません…そんなこと……っ」

「自分の身体だろう。知っとけよ。まあ、お前でさえ知らないことを俺が知ってるってのも悪くないけどな」

「あァ……っ――――!」

次の瞬間、既に硬くなってぷつりと勃ち上がっている胸の突起を摘まれ、あられもない声が零れた。押し潰すようにしていじられたかと思えば、指先で柔らかく揉まれ、かと思えば触れるか触れないかの加減で幾度もなぞられ、そのたび、うねるような快感が腰の奥に広がり、身体が熱くなっていく。

「ぁ……っふぁ……っ」

触れられるたび、もっと触れて欲しくて切なくなる。口付けられるたび、もっと口付けて欲しくて堪らなくなる。

真岐の指が、唇が、息が愛しい。体温が、汗が、香りが、彼の全部が。

「ん……ん……っ」

熱に煽られるまま身悶え、彼の髪をかき乱すと、その手を取られ、口付けられる。手の甲に、指先に。全ての指に。そしてその指から腕を伝って肩へ。首筋へ、唇へ。キスは数えようもないほど降り注ぎ、これ以上ないほどの陶酔《とうすい》と幸福の中に智哉を誘っていく。

やがて、お互い一糸まとわぬ姿になると、真岐は仰向けになった智哉の脚の間に身体を割り込ませ、既に硬く張りつめている性器を愛撫し始める。

「ア……っあぁ……っ」

淫猥《いんわい》な音を立ててしゃぶられたと思うと、敏感な部分を舌先で舐め回され、目の奥で火花が散る。性器が、腰が溶けてしまいそうだ。

唇で、舌で、手で、扱《しご》かれ、擦られ、揉まれるたび、高い声が口をつき、淫らな欲望があとからあとから込み上げてくる。

「脚――抱えろ。後ろも可愛がってやるから」

そうしていると、性器をしゃぶったまま真岐がそう言い、智哉の膝裏をクイと掬うような仕草を見せる。

その瞬間、智哉は快感に霞《かす》む頭の中、自分がどんな格好をしろと言われたのかを悟り、首まで真っ赤になった。

恥ずかしさに、思わず大きく頭を振る。

だが、

「ほら――早くしろって」

真岐は容赦ない。

それでも智哉が躊躇っていると、真岐は性器をしゃぶったまま、その奥へ指を伸ばしてきた。双丘の奥。その秘めやかな窄《すぼ》まりにそっと触れると、そこを指先でやわやわと揉み始める。

「んっ…んっ――」

優しい――優しすぎる刺激にもどかしさがつのる。腰が揺れる。だがその途端指は離れ、智哉はお預けを食らわされたような飢餓感に大きく頭を振る。直後、再び膝裏を掬われ、揺らされる。促される。指が後孔を掠めて離れる。

次の瞬間、智哉はぎゅっと目を閉じると、真っ赤になったままおずおずと自身の膝裏を抱えた。大きく脚を開いたあられもない格好で膝を抱え、秘めておくはずの窄まりまで露にしている自分の格好を思うと、羞恥でおかしくなりそうだ。

なのにそこに――先刻から新たな刺激を待ち焦《こ》がれている後孔に触れられると、そんな羞恥もどこかへ吹き飛んでしまう。

「ぁ……っあ、ん……んんっ、ァん、ああっ――」

ゆるゆると窄まりを撫でられ、弄られたかと思うと、骨張った男らしい指がグッと挿《さ》し入ってくる。そのまま内壁をほぐすように優しく抉るようにして動かされ、そのたび、智哉は身をくねらせて身悶えた。

身体の中が快感にさざめいているのが自分でもわかる。指を動かされ、抜き挿しされるたび、もっともっとと求めるように腰が揺らめいてしまう。

「熱いな」

智哉のそんな反応に、性器を愛撫していた真岐が呟くように言った。

「熱くて、俺の指をきゅうきゅう締め付けてくる。気持ちがいいか、ここを、こうして穿《ほじく》られるのは」

「ん……っ……」

「ん？」

「っん……っ…いぃ……っ気持ちいぃ……っ」

濡れた音を立てて抜き挿しされながら尋ねられ、智哉は夢中で何度も頷いた。恥ずかしさよりも、快感を求める気持ちのほうが強くなる。頭の中がぼうっとして身体が火照って息が熱い。指が蠢《うごめ》くたび、底のない淫悦の沼にずぶずぶと嵌っていくようだ。

触れられれば触れられるほど身体の奥底から新たな欲が込み上げ、より一層淫らに貪欲になっていく。

「真岐さ…もぅ…もう――」

「いいのか身体は。大丈夫か？」

「ん……っ…早く……」

我慢できずにねだる声を上げると、真岐は嬉しそうに笑い、屈めていた身体を伸ばすようにして改めて智哉にのし掛かってくる。

そして、それまで智哉が抱えていた両脚をさらに大きく開かせて抱えなおすと、期待にヒクつく後孔に熱いものを押し当ててくる。

智哉が息を呑んだ次の瞬間、

「っ……ァ……っ――」

大きく硬い昂りが、グッと体内に挿し入ってきた。窄まりを強引に押し広げて入ってくるそれは、今まで感じたことがないほどの大きさと硬さだ。

思わず逃げるようにずり上がったが、すぐにその腰を抱き寄せられ、引き戻された。

「力抜け。大丈夫だ。ゆっくりしてやるから」

「っく……ぁ……あぁ……っ」

じりじりと肉をわけて押し入ってくる逞しい屹立に、背筋がぶるぶると震える。喉の奥までいっぱいにされるかのようだ。

彼の興奮が、脈動が伝わってくるたびに、智哉の欲も一層増し、より深い結合を求めるかのように腰がわななく。

「ぁ…あ……あ……大き…ぃ…」

そしていっぱいまで埋められ、きつく抱き締められると、その悦びに繋がっている部分が淫らに蠢く。

真岐の背に腕を回し、抱き締め返すと、髪を掻き上げられ、額に、唇に何度となく口付けられた。まるで、大きな犬がじゃれついてきているかのようだ。くすぐったいようで、でも気持ちい い。しかし真岐の貌は、今までよりも一層男らしい色香を漂わせ、額に滲んだ汗にまでドキリとさせられる。

赤くなりながら智哉がぎゅっとしがみつくと、

「動くぞ」

耳元に熱っぽい囁きが落ちたと同時に、律動が始まった。

「ん、ん、んんっ――」

ガツガツとぶつけるように激しく腰を進めてきたかと思うと、じらすような浅い抽送《ちゅうそう》に変える。

それがもどかしく、智哉がねだるようにして腰をくねらせると、また激しく突き込んでくる。

同時に、もうすっかり敏感になっている乳首を吸われ、弄られ、智哉は喉を反らして身悶えた。

「は…っぁ……あ、あ、アァッ――」

「可愛い声だな。俺の好きな声だ。肌も、手に吸い付いてくる」

「ん……っ」

「いい身体だ。反応が良くて、甘くて美味しい香りがして――」

「あァ…っ……！」

声と同時にグリッと奥を抉られて、大きく腰が跳ねる。ズプズプと音を立てて抜き挿しされるたび、頭の芯まで快感が突き抜けていく。他の何も考えられず、ただただささらなる快感を求めて真岐にしがみ付いていると、彼が小さく笑った。

「貪欲だな」

「そん…そんな…こと……」

「ない――とは言わねえよな。こんなに俺を締め付けておいて」

「アァっ」

からかうように言われたと同時に深く突き上げられ、大きく背中が撓る。その腰を抱き締められ、胸元をぺろりと舐められたかと思うと、

「ま、そういうところがなおさら可愛いんだけどな」

囁くように言われ、ますます頬が熱くなる。そして真岐は智哉の脚を抱え直すと、さらに激し

く腰を打ち付けてくる。

何度となく奥まで穿たれ、揺さぶられ、かき混ぜられ、頭の中が真っ白になる。腰の奥で熱が渦《うず》を巻き、熱くて堪らない。

「あ……あ、あ、あっ――」

「可愛いよ、お前は。意地っ張りなところも恐がりなところも――俺には全部可愛くて堪らねえよ」

「んっく……」

「好きか？　こうされるのは。俺の身体は、好きか？」

「ん……っ」

突き上げられながら尋ねられ、智哉は夢中で頷く。

好きだ。好き。身体だけじゃない。彼の全部が。離れたくない。このままずっとずっとこうしていたい。

そう伝えるように、彼を抱く腕に力を込めると、

「っ……智哉……」

それが伝わったのか、真岐が掠れた声で智哉の名を呼ぶ。

智哉がその声に大きく胸を震わせた次の瞬間、

「あァ……ッ――――！」

埋められている真岐の屹立がグッと大きさを増したと思ったと同時に、彼は一層激しく動き始めた。

「あ、あ、あ、アァッ……！」

身体を折り畳まれ、ほとんど上から串刺しにされるかのような格好で激しく貫かれ、智哉は一際淫らな嬌声《きょうせい》を上げた。苦しさと、今まで経験したことのない、脳髄まで揺さぶられるような衝撃と快感に、身体がばらばらになりそうだ。

「ぁ…真岐さ……あ…あ、あァ……っ――――」

「智哉…っ……」

「ぁ…あ…凄ぃ……っ…あ…ひぁ……っ」

「智哉――いいか？」

「ん、んっ、いぃ…いぃ……っ」

喘ぐように言うと、真岐が苦しさを堪えるように眉を寄せ、ギリッと奥歯を噛み締める。

「っ…俺もそうだ……。いい……」

そして零した声は、堪らなく艶めかしい。

反応して思わずぎゅっと締め付けてしまうと、埋められていたものがまた硬く大きくなり、律動が一層激しくなる。

「真岐…さ…僕…もう……っ」

「ああ――いいぜ、いっても」

真岐の声も、どこか余裕がないように掠れている。

身体中が熱い。内側からとろとろとろけていくようだ。目の前が快感と熱で霞んでくる。

しがみ付く智哉の身体が大きく揺さぶられるほど幾度も貫かれ、突き上げられ、穿たれ、身体の中で快感が膨《ふく》れ上がる。

「真岐…さ……っ」

「智哉――」

「真岐さ…ぁ……」

「愛してる――智哉――」

「っ…真岐さ…真岐さん……っ」

そして二度、三度と奥まで突かれ、身体の内側でいくつもの火が爆発したと感じた次の瞬間、

「ぁ…ィ……く……っッ――!」

一際大きな熱が、腰の奥から噴き上げ、智哉は欲望を吐き出していた。

直後、真岐がクッと息を詰めるような声を零したかと思うと、まだ熟《う》れたように熱く蠕動《ぜんどう》する

智哉の中に、熱い飛沫が迸《ほとばし》る。

重なる鼓動。汗の滲んだ額にかかった髪を掻き上げられ、智哉が空ろな瞳のまま見つめると、真岐は乱れた髪もそのままに幸せそうににっと笑う。

大好きな――大好きなその笑顔。

智哉は真岐を見つめたまま微笑むと、彼の背に腕を回し、顔を寄せて口付ける。

「明日…お店、休みなんです……」

そのまま、まだ掠れた声で囁くと、一瞬、真岐は驚いた顔を見せたものの、すぐに智哉からの口付け以上に深く口付け返してくる。

「なら――せっかくの休日を有効に使うとするか」

そして嬉しそうに囁くと、智哉を抱き締め、再び――今度はさっきよりもゆっくりと動き始める。

再び寄せてきた心地好さにうっとりと身を委《ゆだ》ね、智哉が恋人の身体を抱き締め返すと、その唇にもう一度、熱い口付けが触れた。

◆
◆
◆

「『Jacob's Ladder　東京凱旋から一年を迎えてさらなる高みへ――』ね。凄いじゃねーか」

それから二ヶ月後。

休日の朝、メレンゲの散歩途中に立ち寄ったコンビニで雑誌を買うと、真岐は傘を片手に器用にそれを広げ、読み上げる。

ちらりとこちらを見られ、智哉は赤面しつつ「読まないで下さい」と言い返したが、真岐は「いいじゃねーかよ」と楽しそうな笑顔だ。

智哉が完成させ、売り出した新作の菓子は、可愛らしくも洗練されたパッケージデザインや、的確な宣伝、そして健康志向の波に乗った素材選びと、他にない美味しさで、一気に店の看板商品になった。

もちろん、それと同時に販売を始めた、通常の新作や季節の新作も好評で、『Jacob's Ladder』は、開店から一年を過ぎてますます話題の、本物の人気店になりつつある。

そのせいか、最近は支店を出さないかとの誘いも増えてきているが、今のところ、智哉はその全てを断っている。

お客の笑顔のための店を――自分の目の行き届く規模で――。

それは、パリにいたころからの想いで、今も変わっていないからだ。そして店がこの名前で在り続ける限り、その想いは変わらないだろう。

なにより――あの場所はそんな想いにぴったりなのだ。他の場所なんて考えられない。

(夏の新製品は――一つはミントを利かせたものにするとして、もう一つ何か…意外性のあるものを出したいんだよな……)

傘の下、メレンゲに菓子を食べさせながら、智哉は考える。そのとき。

じっと見られている気がして、智哉ははっと顔を向ける。と、こっちを見てにこにこしている真岐とまた目が合った。

「なんですか」

じっと見られていたのかと思うと、無性に恥ずかしい。ぶっきらぼうに尋ねると、真岐は「いーや」とにこにこしたまま言った。

「別に。ただなんっつーか…俺の恋人は美人だと思ってな」

「な、なんですか、それは」

「見とれてたんだよ。仕事のこと考えてたんだろ? お前、そういうときいい顔してるからな。ほら、メレンゲもそうそう、ってさ」

「メレンゲのせいにしないで下さい」

仕事のことを考えているときはいい顔をしている、と言われるのは嬉しいが、だからといって、見とれていると臆面《おくめん》もなく言われて平気なほど心臓に毛が生えているわけでもない。言うほうは平気でも、言われるほうはそうじゃない。

智哉は頬を染めると、真岐から視線を逸らし、また一つ、メレンゲに菓子を食べさせた。

恋をして、自分がどうなるか不安だったけれど、今のところは不思議なほど順調だ。仕事は充実しているし、自分でもわかるほど頭も身体もよく動く。恋人がやる気の源になっていると思えるほどだ。

恋人として、男として真岐に負けたくない、彼と肩を並べていたいと思うから、自然と仕事にも熱心になる。

(まさか、こうなるなんて)

数ヶ月前までは考えられなかった自分の変化に、智哉は苦笑する。すると、近付いてきた真岐が傘を畳んでしゃがみ込み、わしわしとメレンゲを撫でた。

「こいつも、お前の作ったおやつが好きみたいだな。飼い主と同じだ」

そしてにっこりと笑ってみせる。引き寄せられるような、大好きな笑顔。

智哉は微笑み返すと、降り止んだ雨を確認して傘を閉じ、

「そろそろ帰りましょうか」

と提案する。

「もうか？　せっかく雨も上がったんだからもう少し歩こうぜ」

真岐は不満そうに声を上げたが、智哉は苦笑すると、こう付け足した。

「今日はキッチンでケーキを作るつもりなんです。新製品が好評なのは、試食して下さったシェアハウスのみなさんのおかげでもあるので、そのお礼に」

「え」

真岐が慌てて立ち上がる。

「そうなのか？　わざわざ休みに？」

「休みだから、です。プライベートで食べて欲しいものですから、仕事とは関係のないときに作りたくて」

すると真岐は、期待してくれているのか、目を輝かせる。

智哉はその表情の豊かさに、小さく笑った。

「なので、そろそろ帰りましょう。みなさんが帰ってくるまでに作っておきたいんです。それで、よかったら真岐さんも食べて下さい。たくさん作るつもりですから」

「ああ——もちろんだ」

「真岐さんの分は特別大きめに切りますすよ」

「そうしてくれ」

自分のケーキを食べて笑顔を見せる真岐を想像し、智哉が思わず微笑むと、真岐もますます笑みを深くする。

雨上がりの瑞々《みずみず》しい香りの中、空を仰げば、我が家である丸の内ラダーのてっぺんから空に向かって伸びる虹が見える。

「……綺麗ですね」

「ああ。綺麗だ」

そのまま、どちらからともなく指を絡め合うと、幸せに満ちる胸中を伝え合うように見つめ合う。

交わした口付けは優しく、二人はいつまでも離れなかった。

END

それはあなたに逢うための

「あ、星川《ほしかわ》くん。どう？　デザートの方は」

パーティーが終わる前に、と急いでコックコートからスーツに着替え、髪も整えた智哉《ともや》が会場に足を踏み入れると、その目の前をちょうど星川瑞貴《みずき》が通りがかった。

彼の右手にはフォーク、そして左手には、二種類のケーキの乗った皿がある。瑞貴は今にもケーキを食べようとしていたところを見られたのが恥ずかしいのか、一瞬、慌てたように真っ赤になったが、すぐに「美味《おい》しいです！」と笑顔で声を上げた。

同居人の一人である彼は、大学生らしく潑溂《はつらつ》としていて屈託がない。興奮した様子で、瑞貴は続ける。

「僕、これでもう四つ目なんですけど、全部美味しいんです！　瑛一《えいいち》さんもさっきまで一緒にいたんですけど、凄《すご》く美味しいって言ってましたよ」

「そう、よかった。ほっとしたよ」

鷹守《たかもり》瑛一も、同じく同居人だ。智哉は瑞貴や鷹守たち五人とともに、このパーティー会場があるビル、『丸《まる》の内《うち》ラダー』の最上階のシェアハウスに住んでいる。

しかしその鷹守は、今はこの辺りにはいないようだ。智哉がきょろきょろしていると、

「瑛一さんは知り合いの人に呼ばれて、食べてる途中にどこかに行っちゃったんです」

と瑞貴が説明してくれた。

「行きたくなさそうだったんですけど、なんだか断れない相手だったみたいで。『このケーキのためにどの料理も我慢してたのに、いざ食べようとしたときに限って人に話しかけられてなかなか食べられないじゃないか！』ってぷんぷんしてましたけど」

鷹守瑛一の口真似《くちまね》をしながらそう言うと、瑞貴は笑う。絵を描くから——というわけではないのだろうが、特徴を捉えるのが上手《うま》い。

今日の彼は、初めて見るスーツ姿だ。まだ学生ということもあっていかにも着慣れていない様子だが、それが初々《ういうい》しくもある。

弟のような彼のそんな姿と、デザートへの高評価に、智哉が思わず微笑《ほほえ》んでいると、

「ああ——間に合ってよかった」

背後から、ほっとしたような声が届く。聞き覚えのあるそれに振り返ると、こちらも同居人である永尾一博《ながおかずひろ》とファハドの姿があった。

永尾はスーツ姿だ。急いでやってきた様子なのに着乱れたところがないのは彼のきちんとした性分ゆえだろう。一方ファハドはと言えば、人の多い会場でも目立つことこの上ない民族衣装姿だ。正装だからおかしくはないが……ただでさえ人目を引く容姿の彼がその格好だから、嫌でも注目されている。だが、同時に遠巻きにされていると感じるのはきっと気のせいではないだろう。

「お疲れさまです」

そんな二人に——主に永尾に向けて智哉が言うと、仕事帰りの彼は、

「もう少し早く帰れる予定だったんだが」

と、眼鏡《めがね》越《ご》しの瞳を苦笑に細める。

優秀な医師である彼は、その仕事ゆえに、なかなか時間通りに帰宅できない。今夜のこのパーティーも「もちろん出席したいが出られるだろうか……」という返事だった。

とはいえ、たとえ出席できなかったとしても、主催者は怒ったりはしないだろう。永尾が忙しいことを一番よく知っているのは、このパーティーの主催者でありビルのオーナーであり、シェアハウスの「ヌシ」である真岐《まぎ》なのだから。

そうしていると、

「ほら——食べろ。うちのものに取ってこさせた。もうデザートしかなかったようだが、どれも美味《うま》いぞ」

お付きの人たちからケーキの乗った皿を受け取ると、その皿を永尾に渡しながらファハドが言う。王族である彼の側にはいつもお付きの人たちがいるが、それはパーティーの会場でも変わらないようだ。

このパーティーで出されているデザートは、全て智哉がオーナーパティシェである『Jacob's《ジェイコブズ》 Ladder《ラダー》』が提供しているものだから、残念ながらファハドが好きな和菓子はない。けれどそれ

でも彼は満足そうな表情だ。永尾が美味しそうに食べているせいだろう。

改めて会場を見回せば、パーティーに出席している紳士淑女《しんししゅくじょ》のほぼ全員が、美味しそうにデザートを食べ、笑顔を見せている。通常通り店の営業をしつつ、パーティー用のデザートを何種類も作ることは大変だったが、やってよかったと心から思う。

なにしろ、今回のこのパーティーは、『丸の内ラダー』の大規模なリニューアルを記念したパーティー。

新たな出発を象徴するとも言える催しだったから、たとえどれだけ大変になろうとも、他の店や他のパティシエに任せたくはなかったのだ。

それは、このビルで『Jacob's Ladder』のブランドを保ち続けているパティシエとしての誇りからでもあったし、恋人である真岐にとって大切な記念のパーティーなら、是非とも関わりたいという気持ちからでもあった。

(真岐さんは食べてくれたかな)

智哉は期待を込めて会場を見回す。だが人が多いせいで真岐がどこにいるかはわからない。それに彼のことだ。きっと鷹守以上に色々な人に話しかけられ、食事をする余裕なんかないだろう。

(まあそんなこともあるだろうと思って、真岐さんの分はちゃんと別に取り置いてるけど……)

帰宅してから、食べる元気は残っているだろうか？

智哉が考えたときだった。

「それにしても凄い人の多さですね」

瑞貴が、感嘆混じりに言った。

「僕は見てないんですけど、女優さんとかスポーツ選手も来てるみたいですね」

「――ビルのテナントの顧客だ」

そのとき、傍《かたわ》らから声がした。

「瑛一さん！」

瑞貴が声を上げる。

戻ってきた鷹守の手には、オペラが二つ乗った皿がある。彼はチョコレートが好きなのだ。鷹守は「やっと食べられる」とぼやくように言うと、慣れた手つきで一つめを食べながら話を続ける。

「さっき話してきた面子《メンツ》の中にも、二人ほど女優がいた。名前は忘れたが、二階で営業してるジュエリーブランドの顧客らしい」

「お客さんを、パーティーに連れてきたんですか？」

瑞貴の質問に、鷹守は食べる手と口を止めないまま、「ああ」と短く答えた。オペラは早くも一つがなくなっている。

「要するに、そういう目立つ客を連れてきて、この機会にヌシに印象づけたいわけだ。『うちの店はこんな有名人が顧客にいます』ってな。ま、金持ちに取り入ろうとするやつらがよく使う手だ」

「……」

「大人の世界では色々あるんだ」

よくわからない……という顔をしている瑞貴に、永尾が苦笑しながら言う。ファハドは憮然《ぶぜん》とした表情だ。王族である彼も、身に覚えがあることなのかもしれない。

「それにしても、ヌシがこういうパーティーをやるとはな。こういうことは、苦手だと思っていたが」

「このビルは特別だからだろう」

話を変えるように言った永尾に、ファハドが即座に答える。その答えには永尾も鷹守も納得しているようだ。

(特別、か……)

智哉は三人をちらりと見ながら、胸の中でひとりごちた。

このビルは、真岐にとって特別――。

その理由は、なんとなく推測することはできる。けれど、尋ねてみたことはない。恋人とはいえ、智哉と真岐はまだ知り合って日が浅いからだ。

昔から真岐を知っている彼らは、智哉が知らないその「理由」を知っているようだ。

(僕も、訊《き》いていいのかな)

本当は、詮索をするのもされるのも好きじゃない。けれど真岐については、それまでの自分が引いていた一線を越えても知りたいと思ってしまうことがある。

(話してくれるかな)

智哉が胸の中で再びひとりごちたとき。

「それでは、宴《えん》もたけなわですが——」

会場の前方から、お決まりの台詞《せりふ》が聞こえてきた。目をやれば、テレビでよく見るアナウンサーが司会をしている。彼に呼ばれて、真岐が壇上に上がる。

目が合ったと思った次の瞬間。彼は嬉《うれ》しそうに微笑み、ウインクして見せた。

◆

「っぁ……っ……」

大きく熱いものに背後から深々と貫かれ、智哉の唇から、うっとりと湿った声が零《こぼ》れた。

しなやかな背が大きく撓《しな》る。

じりじりと体奥を穿《うが》たれるほどに快感は高まり、泣きたくなるほどの幸福感が込み上げてくる。

ベッドに突っ伏し、シーツを握り締める智哉の首筋に、優しい口付けが触れた。

「大丈夫か？」

低い声で気遣うように尋ねられ、智哉が頷《うなず》くと、肩越しに満足そうに笑った気配が届く。そのままゆっくりと動かれ、肩に、肩胛骨《けんこうこつ》に、うなじに、キスの雨が降る。

普段は豪快で大雑把で大胆なくせに、こういうときの真岐は戸惑うぐらい丁寧に智哉を扱う。

いや――実はきっと普段も細やかなのだろう。だから彼の側には人が絶えないのだ。剛胆さと繊細さとその両方を兼ね備えた希有《けう》な男だから。

世界有数の富豪であり、著名な投資家として知られる彼だが、一番人を惹《ひ》き付けるのは、そんな肩書きの数々ではなく、きっと「真岐周《いたる》」そのものだ。彼の住むこの部屋と同じように、色々なものや色々なことが混じり合って、でもそれらは不思議と調和して大きな魅力になっている。

過去の辛《つら》い経験から、もう二度と恋なんかしないと思っていた自分すら、今やこうして彼に惹かれて止まないのだから。

（まったく…まさかあの裸ジャグジー男とこういう関係になるなんて……）

出会った日のことを思い出し、智哉が微《かす》かに笑いを零したとき。

「んっ――」

グン、と深く奥まで穿たれ、大きく腰が震える。

「なに考えてる」

掠れ気味の真岐の声が、耳元を掠めた。

「なに…も……」

「嘘《うそ》つけ」

「あっ――」

「言っておくが、俺はお前のことならなんでもわかるぞ」

「んんッ――」

「今日のパーティーのデザートの評判が上々で喜んでることも、最近売り出し始めたマカロンの種類を増やそうとしてることも、贈答用のパッケージのリボンの色が実は少し気に入らないこともだ」

「っ……！　な、なんでそんなこと知ってるんですか……！」

得意げな真岐の声に、智哉は狼狽《うろた》えながら言い返す。確かにその通りだ。その通りだが――そこまで言い当てられると癪《しゃく》だ。

しかし真岐から返ってくるのは、意味深な含み笑いだけだ。智哉は悔しさに唇を噛《か》んだ。自分の全てを見透かされている――。そう思うとどこか悔しく感じるとともに怖いとも思う。なのに、彼になら嫌じゃない。そう思わせるところのある男なのだ、この真岐周は。

だがそう素直に認めるのもまた癪で、智哉はシーツを握り締めると、乱れる息を堪《こら》え、無理矢理のように肩越しに振り返った。

「だったら、今僕が考えてたことだって、わかるでしょう。わざわざ訊かなくていいじゃないですか」

「……」

「いいかげんなことばっ……ッァ――」

「そのぐらいお前にご執心ってことだろうが」

さらに言い募ろうとした瞬間、思い切り奥まで突き込まれたかと思うと、そう言い返され、智哉の唇から高い嬌声《きょうせい》が迸《ほとばし》る。

繰り返し揺さぶられ、中を抉《えぐ》られては抜き挿しされ、その執拗《しつよう》で激しい抽送に一気に昂《たかぶ》らされていく。

「まったく……」

智哉の耳朶《じだ》を唇と舌で弄《もてあそ》びながら、真岐が苦笑した。

「お前はホントにつれないやつだな。俺はお前にメロメロだってのに、お前はこうしてる最中でさえ別のことを考えてるときてる」

「そ…ういうわけじゃ……」

「しかも——それを指摘すると拗《す》ねて言い返してくる。色気もムードもあったもんじゃない」

そして真岐はまた小さく苦笑する。そんな真岐の様子に、智哉が思わず身を強張らせかけたとき。

「でもな」

甘く溶けた真岐の声が、智哉の耳を撫《な》でた。

「そういうところが可愛《かわい》いんだよなあ、お前は。つれなくて素直じゃなくてムードがなくて…意地っ張りで負けず嫌いで一筋縄じゃいかなくて——そういうところが堪《たま》らないんだよ」

「アァ…ッ——」

言いながら再び激しく突き上げてくる真岐に、智哉はきつくシーツを握り締める。

そうしていないと、揺さぶられるたびどこかへ連れて行かれそうだ。身体が、心が、全部が真岐に奪われて、持っていかれそうになる。彼以外はどうでもよくなってしまいそうになる。

溺《おぼ》れて、とろけて、滅茶苦茶になってしまいそうになる。そうなってもいいと思ってしまうほど——彼を愛しているから。

「ぁ……っ……ん、ん、んんっ、ァ、アぁ……っ――」

昔は、そんな風に溺れるのが怖かった。溺れて自分を見失って、夢を見失って去っていった男を知っているから。

なのに――。

「智哉」

囁《ささや》かれるたび、また身体が反応する。理屈より理性より早く、感情と身体が反応する。彼が好きだと震えて慄《おのの》く。彼が好きで、彼とこうして繫《つな》がっていられることが嬉しいと。

「智哉――」

「真岐…さ……」

ひっきりなしに揺さぶられ、シーツに突っ伏し大きく喘《あえ》ぎながら、智哉は切なく真岐の名前を呼ぶ。

繫がっている部分が淫《みだ》らなほど蠢《うごめ》いているのがわかる。真岐が動くたび、そこは悦《よろこ》んで彼の肉を食《は》み、もっともっととねだるように腰が揺れる。息が熱い。湿って熱い。背後から抱き締められ腰を打ち付けられ肉壁を抉られるたび、身体の奥から熱がこみ上げ、全身が燃えるようだ。

「あ…ア……ァ……っさ…真岐さ……っ」

「智哉……」

口付けの合間に名前を呼ばれ、肌が粟立《あわだ》つような快感が全身を駆け抜ける。激しく突き上げられ、目の奥で白い光が瞬く。同時に、摑《つか》まれた性器をゆっくりと扱《しご》かれ、智哉は込み上げてくる快感に身悶《みもだ》えした。切れ切れに声を上げると、真岐はいっそう激しく腰をぶつけてくる。

「っ…ぁ……」

「智哉——智哉……」

「真岐さ…もぅ…も、ぅ……っ……」

「もう？　だめか？」

「ん……っ……」

ガクガクと頷くと、真岐の手がいっそう激しく智哉の性器を扱き立てる。彼の熱い息が、耳殻を何度も掠める。

「ァ……っ真岐さ…真岐さ…も…っ……」

それでも一人だけ達するのは嫌で、智哉が必死に真岐の名前を呼ぶと、熱っぽい唇がうなじに触れる。

「まったく——」

苦笑混じりなのに、さっきよりも数倍艶《なま》めかしい真岐の声がした。

「だからお前は可愛いって言うんだよ。ったく――」

「あ……っん……ッ……！」

「このまま中に出すぞ。いいか」

「ん……っ……」

頷くと、真岐の律動が激しさを増す。揺さぶられ、抉られ、突き上げられてはまた揺さぶられ、そのたび身体の奥が切なく疼《うず》く。

「真岐さ…ぁ……っ」

「愛してる…智哉」

「真岐…さ……」

「智哉……っ――」

「真岐さ…ぁ…ァ……っあ、あ、ああっ――」

そして一際激しく突き上げられたそのとき。智哉は嬌声とともに真岐の手の中に温かな白濁を零していた。吐精の快感に、頭の芯《しん》が痺《しび》れる。腰の奥が溶けるようだ。次の瞬間、力の入らない身体をきつく抱き締められたかと思うと、低く呻《うめ》くような声を零した真岐がグイと腰を打ち付けてくる。

体奥に広がっていく彼の熱。熟れた肉壁に彼の欲望が叩《たた》き付けられたのを感じ、智哉がぞくぞくと背を震わせると、シーツを摑むその手に真岐の手がきつく重ねられる。

握り締めると、ぎゅっと握り返された。

「ん……」

やがて、真岐はゆっくりと智哉から身体を離すと、大きく息をつきながらその隣に転がった。

まだ動けない智哉を抱き締めたかと思うと、嬉しそうに笑う。

そのあけすけさに、つい智哉が赤くなりながら「なんですか」とつっけんどんに尋ねると、真岐は相好《そうごう》を崩したまま、「いや。幸せだと思ってな」ととろけるような声で言う。

素直すぎるほど素直な真岐のその様子に、いっそう恥ずかしさがこみ上げ、智哉は耐えられなくなったようにがばりと身を起こした。

「ん？　どうした」

「シャワー浴びてくるんです」

「もうか？　風情がないな。もっといちゃいちゃしてからでいいだろ。お前外国暮らししてたんだろうが」

「してましたけど、シャワーはすぐに浴びてました。生まれたときからいたなら別かも知れませんけど、僕は大人になってからだったんで」

「そういう問題か？」

「とにかくシャワーを浴びてきます。余韻に浸りたいならお一人でどうぞ」

早口に智哉は言うと、ベッドを降りてバスルームへ向かう。

これ以上真岐の隣にいると、まだ今も残っている甘い空気に誘われて、そのままなし崩しにまた身体を重ねてしまいそうだった。

これまで何度もそうだったように。

（まったく……）

智哉は胸の中で呟《つぶや》くと、シャワーを捻《ひね》る。いくら明日が休みでも、自制しなければ。

ふうと息をつくと、壁に嵌《は》め込まれた鏡が視界の端を過《よぎ》る。ふと見れば、まだ上気したままの頬《ほお》はいかにも淫らだ。今しがたのセックスがいかに気持ちがよかったか——真岐とのそれがいかに好きかが顔一杯に書いてある。

智哉はますます頬が熱くなるのを感じると、それを冷ますかのように冷たいシャワーを頭から被《かぶ》った。


戻ってみると、真岐はさっきと同じようにベッドに横になったまま、黙って天井を見上げていた。眠っているのかと思ったが、目は開いている。

「何を考えているんですか」

パジャマを着た智哉が髪を拭《ふ》きながら尋ねると、「いや、別に」と気怠《けだる》げに真岐は言った。微笑むと、智哉の手を摑み、引き寄せる。智哉はされるまま、真岐の唇にそっとキスを落とした。これぐらいは、別にいいだろう。

すると真岐は目を細め、「余韻に浸ってた」と続けた。

「お前に言われたとおりにしてたよ。俺は恋人に従順だからな」

「長すぎです。っていうか、あなたのどこが従順なんですか」

ふざけたように言う真岐に智哉が言い返すと、真岐は、ははは、と笑う。智哉はベッドに腰を下ろすと、

「また雑誌に出てたんですね」

と話を変えた。

「ん?」と目を瞬かせる真岐に、「このビルです」と智哉は続けた。

「うちのスタッフが教えてくれました。ビルの紹介で、店の紹介じゃなかったので僕は知らなかったんですけど、丸の内特集に大きく取り上げられてたみたいじゃないですか」

「ああ……。そう言えば遠藤《えんどう》がなにか話してたな。任せきりだから、俺もよく知らないんだが」

「大きく取り上げられてましたよ。凄いですね」

智哉はスタッフが見せてくれた雑誌を思い出しながら言う。それは女性向けの情報誌で、流行のイベントやスポットを随時紹介しているものだ。

丸の内の特集は年に数度掲載されるらしいのだが、今回は特に大きくこのビルが――丸の内ラダーが取り上げられていた。

オープンから既に数年。新しもの好きなこの国の――それも東京の人たちから見れば時代遅れになりそうなのに、このビルは今も新しい。智哉の店がオープンしたときも取材がひっきりなしだったが、その後も世界各国の有名ブランドの旗艦店や日本初上陸の店が次々オープンしているように、丸の内のシンボルとしてその足元を固めつつも、日々進化し、だからいまだに話題になっている。

丸の内ラダーは魅力的なのだ。今日のパーティーの豪華さや、来ていた人たちの顔ぶれの華やかさも、その証《あかし》の一つと言っていいだろう。

智哉は決して経営のプロではないが、オーナーとして店を開くにあたっては、商売にとって「場所」がどれほど大事か、どういう価値を持つのかについてはそれなりに勉強した。フランスでも日本でも、「商売は立地が全て」と言う人もいたくらいだし、それぐらい場所が肝心だということは学んだつもりだ。

そして実際、丸の内ラダーがあるがゆえに、周囲の土地はさらに価値を上げているらしい。真岐にその気はないだろうが、このビルを売れば、とんでもない金額を手にすることができるだろう。

「……真岐さん」

智哉は少しだけ迷ったものの、思い切って真岐の名前を呼んだ。尋ねるなら今だと思ったのだ。さっきからパジャマの裾《すそ》を捲《まく》っては背中を触ってくる悪戯《いたずら》な手を掴むと、その手の主に向いて続ける。

「そう言えば、まだはっきりと訊いたことがなかったんですけど、真岐さんがこのビルを建設したのはどうしてなんですか？　真岐さんはずっと海外に行っていたんですよね。なのにどうして、ここを？　やっぱり日本がよかったっていうことでしょうか。あ…その――言いにくいことが絡むなら、無理に話さなくてもいいですけど」

一気に尋ね、そして最後に慌てて付け足した。

真岐の過去からは決して取り除けない出来事。そして人物。もしかして、それを思い出させてしまうかと思ったのだ。

だが真岐は「かまわねえよ」と笑うと、智哉の指先に、ちゅっと口付けた。

「お前に話したくないようなことはねえよ。話せないことも。ただ、そうだな……話すにはちょっと長くなるから……」

「あっ」

そのままぐいと手を引かれ、智哉は真岐の胸の中に倒れ込む。あっという間に、腕の中に抱き寄せられた。

早業《はやわざ》に憮然とする智哉にも構わず「よしよし」と真岐は満足そうに頷くと、

「長い話になるんだ。こうやってくっついてた方がいいだろ?」

と笑う。

そして、どこから話すかなあ……と独り言のように言うと、ややあって、真岐は当時を思い出そうとするような神妙な顔で、話し始めた。

◆
◆
◆

「あ——!」

大きく舟が揺れたかと思うと、そのはずみでよろけた少年が真岐にぶつかる。次の瞬間、持っていた衛星電話は真岐の手を離れて宙に放り出されていた。

皮肉なほど綺麗《きれい》な放物線を描いて川に落ちていく衛星電話を声もなく見送ると、数秒後、真岐は声を上げて笑った。

『ゴ、ゴメンナサイ！』

『すまない、マギ』

男の子と、その父親である男――今回のこの旅の案内人であるジェドは狼狽えたように謝ってきたが、真岐は「いいから」と笑いながら手を上げた。

通話中にいきなり会話が戸切れ、秘書はきっと面食らっただろう。だが真岐は、電話を失ったことでいっそ清々《すがすが》しい気持ちでいた。

だからいわんこっちゃないのだ。

誰にともなく、胸の中で呟く。

ジャングル奥地のこんなところまで、あんなものを持ってくるから。

真岐は衛星電話が沈んだ辺りをちらりと振り返ると、肩を竦《すく》める。世界中のどこにいても通話できる衛星電話《インマルサット》。

荷物になるから嫌だと言ったのに、仕事熱心で雇用主の身の安全をいつも心配している秘書に強引に持たされた。

だが、所詮無理に持ってきたものだ。いずれこうなる運命だったのだ。

ただでさえ、街から村への移動は徒歩と小さな舟。身の回りのものを詰めたリュックでさえ邪魔だと感じるほどなのだから。

（ま、遠藤には怒られるだろうが、大事な仕事の前に余計な荷物が一つ減ってよかったってもんだ）

これから訪れる村での商談を思い、真岐はうんうんと一人頷く。電話より、面と向かって話す商談の方が大事に決まっている。しかもやっと取り付けた約束なのだから。

しかし真岐が電話を落とす原因になってしまった男の子——マルは、そう思ってはいないようだ。真岐の向かいにやってくると、恐縮しきった顔で見つめてきた。

『ごめん、マギさん。オレ……』

『いいって言っただろ。あんなもの持ってきた俺が悪いんだよ』

『でも大事な用だったんジャ……』

『さてなあ。用件訊く前に落としちまったから』

そう言って真岐ははは、と笑ったが、マルはまだ緊張の面持《おもも》ちだ。舟を漕《こ》いでいたジェドが、すまなそうに言った。

『村に着けば、電話がある。皆には話をしておくから、それを使ってくれ』

『ありがとうな。でもいいよ』

『だが』

『俺が村に行くのは、長《おさ》との話のためなんだ。だからそれだけでいいんだよ』

『だがマギは他にも仕事があるんだろう？　大きな取引の話だったらどうするんだ』

『そのときはそのときだ。どうせ、世の中の全ての商機を摑めるわけじゃない』

『……』

『縁があれば、一仕事終えて街のホテルに戻ったときに折り返してみるさ』

しかし、ジェドはまだ不安そうだ。義理堅いというか何というか。

真岐は苦笑して言った。

『どうしても詫《わ》びたいっていうなら、商談成立のときに美味い酒でも飲ませてくれよ。村にも酒はあるんだろ』

『あ、ああ。街で売ってるものよりよほど美味いやつがある』

『じゃあ、それで決まりだな』

真岐がにっこり笑うと、ジェドはようやくほっとした顔を見せる。次いで真岐は、マルにもにっと笑って見せた。

『お前も気にすんな。それより、もう少し村の話を聞かせてくれよ。俺も調べちゃいるけど、やっぱり実際に住んでるやつの話は違うからな。せっかく長が俺のために時間を割いてくれるんだ。なるべく失礼はないようにしたい』

『う——うん！　わかった』

するとマルは、元気に頷く。

そんな二人の様子に、ジェドがぷっと吹き出すように笑った。

『マギ、あんた変わってるな』

『ん？』

『ああ——いや。面白いってことだ』

『そうか？』

『ああ』

ジェドは頷いた。楽しそうに。

『オレも街で何度か日本人のガイドはしたことがあるが、あんたみたいに大雑把なやつは初めてだぞ。まあ、そういうあんただから村長のところに連れて行ってもいいと思ったんだがな』

器用に舟を操りながら、ジェドは言う。

そもそも真岐がこの南米のジャングルまでやってきたのは、この奥地にあるというティバ・バッガ村の村長との取引交渉のためだった。現在、真岐は投資会社のオーナーとして、投資先の食品会社の立て直しに着手しているのだが、起死回生を図る新製品開発のためには、どうしてもこの村で採れる果物から作られた甘味料が必要だったからだ。

天気に悩まされたせいもあって、予定より時間をかけてジャングルを歩き、舟に乗って川の上流へ。目的の村は、舟を降りてさらに二日ほど歩いた先だ。腕も顔も既に日焼けしているが、この天気ではますます焼けるだろう。とはいえ、真岐はこの旅程を楽しく感じていた。

世俗からこれほど離れる経験など、滅多にできるものではない。

(そういう意味でも、電話なんかいらなかったんだよな、やっぱり)

ひとりごちると、真岐は一人うんうんと頷く。

ジャングルの奥の奥の、村人とごく限られた者しか入ることを許されていないというその村にツテを持つジェドと知り合ったのは、二ヶ月ほど前。それは今までの仕事で培ってきた人脈のおかげだった。

だが「余所者《よそもの》は入れさせない」という村側と交渉するには一筋縄ではいかず、二ヶ月たってようやく、「三十分だけなら長が話を聞いてくれる」というところまで漕ぎつけたのだった。とはいえ、真岐にしてみればジェドと一緒になってガイドの仕事をしてみたり、彼の仲間と一緒に飲んで騒ぐのはそれだけでも楽しかったから、「ようやく」とはまったく思ってはいなかったのだが。

ともあれ、そうして現地に着いておよそ二ヶ月と十日後、真岐はこうして、ジェドと彼の息子であるマルとともに、村のあるジャングルの奥地を目指しているのだった。

真岐の向かいに座っているマルは、真岐に促されたためか早速村や長についてあれこれ話し始める。

『あのね、長には髭《ひげ》があるんだよ。父さんみたいなのじゃなくて、もっと長くて白いんだ。それでね、三角の屋根の家に住んでるんだ』

『村じゃ珍しいのか?』

『うーん……そうだね。長の家だけだから。天井がうんと高くて涼しいんだ』

マルはなんとか真岐の役に立とうとしてくれているのか、身振り手振りをつけながら懸命に話してくれる。

木々と水の香りに囲まれ、日射しと風を感じながら生き生きとしたその表情を見ていると、商談の成功よりもいいことを経験している気がする。

父親が遺《のこ》してくれたわずかばかりの財産を元手に始めた投資——しかも最初は投資ではなく、父親が世話になった人たちへのただの援助だった——が当たりに当たり、今や世界でも有数の投資家となり、投資会社の経営者でもある真岐だが、にもかかわらず机の前で数字を眺めているよりも、何か起これば即現地へ向かうのは、こうした生きた経験をすることに惹かれているためだった。

それは、数百万円だった財産が、数百万ドルになっても変わらなかったし、更にその数百倍になっても変わっていない。秘書の遠藤にすれば「安全なところにいて下さい！」ということのようだが、真岐は人任せにできないたちで、つい自分が出張ってしまう。部下を信頼していないわけじゃないが、ここ一番のときは自らの勘を信じているのだ。雰囲気や気配——。そんなものを。

肩書きはどうあれ、「面白そうだ」「楽しそうだ」と思うものや会社に投資をしていることは、昔も今も変わっていない。

父親の仕事の影響で転居が多かった真岐は、行く先々で多くのことに興味を持った。その土地ならではの食べ物、言葉、名所、名物。最初は、すぐに友達と離ればなれにならなければならない寂しさを紛らわせるためでもあったのだが、そうした好奇心はいつしか真岐の生き方を決めるようになっていた。

昔と変わったことと言えば、今や会社の経営者となり多くの部下ができたことと、有能な秘書がついたことぐらいだろう。自ら売り込みに来た遠藤は、有能な上に仕事熱心で、だから真岐は、今も昔と変わらず好き勝手に行動できているとも言えた。

真岐は、先刻の遠藤からの電話を思い出した。

今日の真岐の行動ぐらい、彼ならしっかり把握しているはずだ。大切な交渉に向かう予定だということも。にもかかわらず、わざわざ衛星電話に連絡を入れてきたということは、おそらくはそれなりに大事な話だったのだろう。

だが、聞けなくなったものは仕方がない。

それに、会社に関わることは――それも真岐だけでなく従業員に関わることは、彼にも裁量を任せてある。真岐は連絡がつかないことも多いし、それどころか身の危険を感じることもあるからだ。

衛星電話が川に落ちた今回などまだ可愛い方で、数ヶ月前など地下資源の発掘の件で、危うく内乱に巻き込まれそうになったこともあった。

(あれに比べりゃ、電話の一つや二つ――)

思い出して苦笑していると、今までは鬱蒼《うっそう》とした木々しか見えなかった風景の中に炊煙のようなものが見え始める。微かに、風の香りが変わる。

水や草木や土と言った自然のものの香りじゃない。どこか人工的な、今までになかった香りだ。

『ソロソロ着くよ』

マルが、弾んだ声で言う。実際は、川岸から村まではまだ歩いて二日はかかる。それも天候がよければだ。数日前のように雨が続けば、もっとかかるだろう。マルだってきつくないわけはない。それでもずっと楽しそうにしているのは、村への客が珍しいからだろう。しかもそれが自分の父親の客で、自分も一緒に迎えに行ったとなれば、村の子どもたちの間では、当分話題に事欠かないに違いない。

真岐は二人とともに舟を降りると、草で肌を切らないように、そして虫に噛まれることのないように長袖《ながそで》のシャツを羽織る。荷物を背負って木々の中へ踏み入った。

左右から生い茂った草が足下を見えなくさせ、道などあってないようなものだ。それでも慣れているジェドは迷わず進んでいく。真岐も、最初に比べればずいぶん森歩きに慣れたと思う。ジェドについて歩きながら、真岐はジャングルのあちこちに目を向ける。

長袖のシャツと晴天のせいで、川にいたとき以上の暑さだ。汗がだらだら垂れてくる。タオルで拭いても追いつかない。それでも——いや、この暑さだからこそ、木々の美しさが際立ち、目に鮮やかだ。

聞いたことのない鳥の声もする。いや、ひょっとしたら鳥じゃないのかもしれないが。つい先日も、マルに鳥のように鳴く野生のサルのことを聞かされて驚いたところだ。

まったく——世界は広い。そして楽しい。

『ダイジョウブ?』

そうしていると、真岐の少し後ろを歩いていたマルが心配そうに尋ねてくる。それまではうるさいぐらい喋《しゃべ》っていた真岐が黙っていたからだろう。真岐は「ああ」と頷いた。

『景色を見てたんだ。この間のジャングルとはまた少し違うんだな。ここも綺麗なところだ。神秘的って言うか…生命力に溢《あふ》れてて』

『ソウ？　オレはずっといるからわからないケド……。街の方が楽しいよ！　イロイロあるし。だから父さんの手伝いで街に行くときはスゴク楽しいんだ』

『確かに都会には都会の面白さがあるけどな……。ここもいいところだよ』

『ふぅん』

相づちは打ったものの、マルはまだ納得できていない様子だ。真岐が苦笑すると、前を歩いていたジェドが振り返り、『こいつは街の食い物が好きなだけだ』と、マルを指して笑いながら言う。

そのまましばらく歩くと、少し開けたところに出る。ジェドは『少し休もう』と足を止めると、持っていた水を飲み始めた。真岐も水を飲んで一息ついていると、『暑いだろう』とジェドが気遣うように言ってきた。

『汗だくだな。都会だとこういう暑さは経験しないだろう。平気か？　今日の野営地まではもう少し歩くぞ』

その言葉に、真岐は『平気だよ』と微笑んだ。

『前に歩いたときもそう思ったんだが、気持ちのいい暑さだよ。こういうのは嫌いじゃない。都会の籠もったような暑さよりはずっといい』

『……そんなものか』

『ああ』

真岐は大きく頷く。そしてまた水を飲むと、にっこり笑って言った。

『むしろ、これぐらい暑い方がジャングルに来た！　って感じでわくわくするしな。これだけでも滅多にできない経験だ。普段見られない木や花を見られたし……』

エアコンの効いたオフィスのパソコンの前に座ったままだったなら、絶対に感じられなかったことだ。暑さも、しんどさも、なにより、この森の中の青々とした香りの強さも。

『それに、ジェドのおかげでここまで順調に来られてる。感謝してるよ』

汗を拭って笑って言うと、ジェドは面食らったように真岐を見つめ、

『やっぱりあんたを連れてきてよかったよ』

笑ってそう言う。

『商談後もそう言ってもらえるように頑張るよ』

真岐が言うと、

『おシゴト、ガンバッテ』

明るい声でマルに言われ、真岐は『おう』と笑ってみせた。

◆

陽《ひ》が落ち、辺りが真っ暗になると、広場に置かれているいくつものたいまつに火が灯《とも》される。

テーブルの上には次々と料理が運ばれ、見るからに「大宴会」の様相だ。

交渉が無事終わった夜。村は、真岐という客を歓待してくれるために、大きな宴を催してくれた。客が珍しいからかと思ったが、これほどの宴は滅多にないらしい。

『長や皆が、マギさんのことを気に入ったんだよ』

長の指示で先頭に立って宴の準備をしてくれたジェドは、そう説明してくれた。

用意された料理や酒も格別で、香辛料の香りが食欲をそそる骨付きの肉に、川の上流で採れたという魚をこんがりと塩焼きしたもの、村の畑で作ったという野菜は味が濃く、いくらでも食べられそうだ。酒は、果実酒から日本の焼酎に似た蒸留酒までなんでもある。

若長の挨拶で乾杯をして宴席が始まると、そこはあっという間に賑《にぎ》やかになった。

真岐は、左右から次々注がれる酒を何度となく笑顔で飲み干すと、頃合いを見て腰を上げ、上《かみ》座《ざ》に座る長のもとへ向かう。

『今日はありがとうございました』

長の前に座ると、長と、その傍らにいる息子の若長、そしてその補佐役たちの前で改めてお礼を言った。

会うまでは真岐にもどうなるかわからなかった交渉だったが、いざ顔を合わせて話してみれば、価格についても取引量や時期についても、驚くほどすんなりと決着がついた。

どうやら、ジェドがずいぶん口添えしてくれていたらしい。それに加え、長に会うまでの待ち時間にマルをはじめとした村の子どもたちと遊んでいた様子を観察されていたらしく、そのときの態度に誠意を感じてくれたようだ。

真岐が頭を下げると、静かに酒を飲んでいた長は「いやいや」と笑いながら首を振った。

『こんなところまでわざわざ来てくれたお方を手ぶらで帰すわけにはな。こちらとしては条件さえ守ってもらえればいい。お金よりも何よりも、村が荒らされることだけが心配でな』

『それはもちろん。お約束します』

そして長たちとも酒を酌み交わし、やがて真岐が席へ戻ると、それを待っていたかのように、酒を持った男たちが次から次へとやってくる。その激しい歓待に、笑いながら真岐が杯を干すと、また傍らから酒が注がれる。

『なあ、マギはいつまでここにいる予定なんだ？　ジェドから聞いた話じゃ明日には帰るらしいが、まさかそんなに早くは帰らないだろう？』

『そうだそうだ。来てすぐ帰るなんてなあ。あちこち案内してやるよ。なにしろ、あんたは長の大切な客人なんだ。それに、すぐに帰るのはもったいないだろ』

男たちに囲まれては口々にそう言われ、真岐は酒を干しながら「そうだなあ……」と首を傾《かし》げる。ややあって、「それなら、もう二、三日いることにしようか」と答えると、周囲がわっと沸いた。

『そうこなくちゃな。よーっし！　そうと決まれば今夜は飲むぞ！』

男の一人が声を上げると、辺りにいた男たちも呼応するように声を上げる。

その直後、広場の片隅からもどっと声が上がる。

なんだなんだと真岐が目を移すと、そこには一人の若い男と、給仕姿の妙齢の女性。そして二人を囲む男や女たちがいる。男の横顔も、女性の横顔も、かがり火の灯《あか》りのせいだけとは思えないほど赤い。

どうしたんだ？　と真岐が尋ねる寸前、

『トパルがノマに告白したようだ』

傍らの男が、そっと教えてくれる。思いがけない事態に、つい真岐も息を詰めて注視していると、数秒後、女性がコクリと頷く。途端、辺りはさらに沸いた。

乾杯とおめでとうの声がうねりのように繰り返される中、いつしかやってきたジェドがぽんと真岐の肩を叩いた。

『これもマギさんのおかげかもな』

『え？』

『あの二人、ずっと想い合ってたんだが、幼なじみなだけに、なかなかじれったい二人だったんだ。こういう機会でもなければ伝えられなかっただろう。あんたは村に幸いを連れてきてくれたようだ』

そしてまたぽんぽんと肩を叩くと『秘蔵の酒だ』と、手にしていた酒瓶をズイと差し出してくる。『楽しんでくれ』と笑顔で言い残し、ジェドは去っていった。

◆

隣で眠っているマルを起こさないようにしてそっと身を起こすと、真岐はそっと部屋を出る。

静かな夜だ。さっきまでの騒がしさが嘘のような静寂。都会ではあり得ない、本当の静寂。聞こえるのは、木々が微かに揺れる音と水の音だけだ。

森の中の夜の空気。草と木と土の香り。そして川の香り。

大きく深呼吸すると、真岐は満天の星空を見上げた。

商談成功の余韻なのか、宴会で散々盛り上がったためなのか、目が冴《さ》えてしまっている。

それにしても、怖いぐらいのたくさんの星だ。しかも一つ一つが際立つように光っている。

世界のあちこちに行ったから、それこそ南十字星も日食も月蝕《げっしょく》も見たことがあるが、この土地の夜空は格別だ。こうして見上げていると、吸い込まれそうになる。

「吸い込まれそうに、なる……」

天を見上げたまま、真岐は思わず呟いていた。

以前、同じ言葉を言った男のことを思い出す。懐かしさが込み上げてきた。

最初に聞いたのは、昔——まだ子どものころだ。やはりこんな空を見上げたときだ。夏だった。

実際はこれほど綺麗じゃなかったのだろうが、あのときは「あいつ」と二人で夜更《よふ》かししたことが楽しくて堪らなかった。

次の記憶は、学生時代だ。大学で再会して、夜中まで話をして見た星空。

深夜まで酒を飲んで眺めた夜空もあった。

転校ばかりで、出会っては別れてを繰り返していた自分が、唯一長く付き合ってきた相手だった。

どこへ引っ越しても、あいつだけはずっと手紙をくれた。こっちはほとんど返事なんか出さなかったのに、あいつはマメにくれていた。

親友だった。

好きだったけれど親友だった。

好きだったから親友だった。

それでもよかったのだ。彼も自分を大切に思ってくれていると、伝わってきていたから。

もう引っ越すこともなくなって、これからはずっと一緒にいられると、そう思っていたのに。

なのに――。

「は……」

気付けば、涙が零れていた。

真岐は苦笑すると、涙を拭う。

ずっと一緒にいられると思っていた。恋人にはなれなくても、それを選ぶことはできなくても親友として、ずっと。けれど「あいつ」は死んでしまって、その悲しさから逃げるように日本を離れた。それまでと同じように日々は進んでいくのに、それまでの風景の中にあいつがいないことが耐えられなくて。

それからは世界のあちこちを巡って、いろんな人と会った。楽しいことも面倒なことも嬉しいことも厄介なことも体験して、笑ってたまに怒ってやっぱり笑って仕事をして飲んで騒いで歌って時々困ってそれでも楽しく過ごしてきた。

父の死を経験して、生前の父が世話になっていた会社に遺産を使って援助をして、それがきっかけで今の世界に入った。

日本には帰らないままで。帰れないままで。

けれど、今は無性に日本に帰りたいと思う。日本から離れて、地球の裏側に来た、今。

一仕事終えて感傷的になっているのだろうか。

それとも……。

「そろそろ…そういう時期ってことかな……」

はあっと息をつき髪を掻《か》き上げると、真岐はひとりごちるように言った。

もうそろそろ、自分の中でもケリがつき始めているということだろうか。

思い出すと涙が出る。胸が痛む。けれどそれは思い出の涙だ。思い出の痛みだ。剝《む》き出しだったそれではなく、瘡蓋《かさぶた》に覆われた傷だ。今まで出会った大勢の人たちが、多くの経験が、耐えられないと思っていた傷をいつしか癒《いや》してくれている。

「帰るか……」

真岐は星の輝く夜空を見上げると、ぽつりと呟く。静寂の中に、その声は吸い込まれて消えた。

「──でもって、そう思って寝て起きたらいきなり遠藤から村に電話がかかってきてな。びっくりしたよ。どうやって電話番号を調べたんだっつーの。ま、とにかく電話がかかってきたんだ。優秀なんだよ、あいつは。で、その話っていうのがこの辺りの──丸の内の再開発の話だったんだ。それで、これもタイミングだろうと思ってこの土地を買ってビルを建てたわけだ。思い出にふんぎりをつけた記念っつーか……。気持ちに区切りをつけるっていうやつだ。それでもって、せっかくだからそのてっぺんに家を造って住もうと思ったんだ。色々と便利な場所だしな。シェアハウスにしたのは、なんとなくその方が楽しいかと思ったんだよ。人の気配とか話し声がするのって、なんかいいだろ？」

そこまで話すと、真岐はにっこりと笑う。さっきと同じ、魅力的な笑みだ。けれど今の智哉には先刻以上に胸に響いた。

語られた彼の過去。それは彼らしい豪放磊落《ごうほうらいらく》さに溢れていたけれど、同時に、とても切なくなるものだ。

◆　◆　◆

心を寄せていた相手が死ぬことがどれほど辛いかは、智哉にもわかる。

真岐とは形が違うにせよ、智哉もまた、好きだった相手を失ったからだ。死んでこそいないものの、彼はもういなくなってしまった。

けれど真岐は、そんな過去を抱えても常に前向きだ。そしてその前向きさで、智哉をも救ってくれた。

智哉は静かに真岐の上にのしかかると、その唇にそっと口付ける。

目を白黒させる真岐に、智哉は微笑んで言った。

「僕はきっと、あなたのそういうところが好きなんだと思います」

だが智哉のその言葉に、真岐は不思議そうな顔をしている。智哉は小さく微笑んだ。

恋なんてしないと思っていた。恋の持つ力を恐れていたし、自分は幸せになってはいけないと思っていた。けれどそれを、真岐は変えてくれたのだ。

彼の持つその前向きさで。

智哉は、「そういうところってどういうところなんだろう」と言いたげに眉《まゆ》を寄せて考えている真岐に苦笑すると、

「話してくれてありがとうございました」

と微笑んだ。

「僕の知らなかったあなたのことを知って、また少しあなたのことを好きになった気がします」

あけすけで大胆で隠し事なんてなにもない真岐なのに、知れば知るほどもっと好きになるのが不思議だ。

開け放されたドアを持つ部屋なのに、部屋が大きすぎる上に色んなものがあちこちに置かれているから、次々と新しいことを発見して驚かされてもっと惹かれていく——そんな風に。

(ずいぶん大変な人を好きになっちゃったんだな)

智哉が思ったときだった。

「あっ」

いきなり腕を摑まれたかと思うと、真岐に引き寄せられ、すぐに身体を入れ替えられてのしかかられる。驚いて見上げると、真岐は苦笑気味に笑った。

「少しだなんて、随分遠慮がちなんだな。もっとおおっぴらに、たっぷり好きになってもいいんだぜ?」

「真岐さんは、もう少し謙遜《けんそん》を覚えた方がいいと思いますよ。あと、『控えめ』ってこととか」

「謙遜はともかく、『控えめ』は少しは身につけたつもりだったんだがな。——さっきまでは」

「え……あ……ちょっ…ちょっと——!」

言葉とともに忍び入ってきた手に肌をまさぐられ、智哉は上擦《うわず》った声を上げる。

触れられた途端、鎮まっていたはずの熱がまたじわりと込み上げてくる。身を捩《よじ》って逃れようとしたが、組み伏せられていては分《ぶ》が悪い。なんとか手を押さえて睨《にら》むと、真岐が小さく苦笑した。

「駄目か？」

「だっ、駄目っていうか……」

「『いうか』？」

間近から見つめられ、智哉の頬にますます血が上る。シャワーで頭も身体も冷やしたはずなのに、もう身体が熱い。それが恥ずかしくて黙ってしまうと、その額に唇が触れた。

「……いい匂いがするな」

「シャンプーです。あなただって同じものを使ってるでしょう」

「俺が使ったときよりいい匂いがする」

「知りませんよ」

「お前がいい匂いがするんだな。帰ってきたときも、いい匂いがするもんな。クリームっていうかバターっていうかケーキっていうか——美味そうな甘い匂いが」

「んっ——」

そのまま首筋に口付けられ、くすぐったいようなその刺激にびくりと背が震える。

そんな些細《ささい》な刺激で、もう昂り始めている自分が恥ずかしい。真岐の身体を引き剝《は》がそうとして彼の身体を押し返すと、途端に、自由になった手で肌をなぞられ、また背が跳ねた。

「ま、真岐さ……っ……」

「お前が悪いんだぜ。今夜は控え目にしてようかと思ってたのに、あんな可愛いことするから」

「どんなことですか！」

「キスしただろ」

「あ——あれは……」

「しかもその後ずいぶん色っぽい顔してたぞ。俺のことが好きだって顔を」

「し、してませんよ！」

「してた」

「してませんってば！」

「じゃあ嫌いか？」

身体をまさぐっていた手を止め、真岐が尋ねてくる。智哉はぐっと言葉に詰まった。

嫌いじゃない。嫌いなわけがない。そんなことわかっているくせに。

わかっていることを敢《あ》えて言わせようとする真岐の魂胆に乗ってしまうのが癪で、智哉はぷいと顔を逸《そ》らす。その途端、無防備になった首筋に口付けられ、智哉の唇から高い嬌声が迸った。

「ア……っ……！」

慌てて身を捩ったが、組み伏せられたまま何度となく薄い皮膚《ひふ》に口付けられ、悪戯のように歯を立てられると、身体から力が抜けてしまう。悔しくてつい睨み上げると、そんな智哉の真上から真岐が見下ろしてきた。幸せそうな、とろけるような嬉しそうな貌だ。

普段から感情が顔に出る彼だから、見つめられるたび、いつもそれだけで彼からの愛情を感じることができた。あからさまで、いっそ恥ずかしくなるほどの愛情を。

けれど今は、そんな「いつも」よりも熱っぽく真摯《しんし》な――それでいて幸せそうな視線だ。そんな目で見つめられ、智哉が戸惑いと気恥ずかしさで動くこともできずにいると、

「お前と会えてよかったよ」

智哉を見つめる双眸《そうぼう》をさらに優しく細め、ゆっくりと、真岐は言った。

「お前と会えてよかった。どうしてこのビルを、って尋ねたな。きっと俺は、お前に会うためにこの丸の内ラダーを造ったんだ」

「……！」

思いがけない言葉に、智哉は息を呑む。見つめ返すことしかできない智哉に、真岐は柔らかく笑む。

「これからもこうして、何度もお前と抱き合いたい。一緒にメシ食って、話して、一緒に色んなものを見て、聞いて、何度も笑い合いたい。誰より大切なお前と、これからもずっとそうやって

生きていきたい」

「真岐……さ……」

「愛してる、智哉」

囁きとキスが、唇に触れた。

「――愛してるよ」

頬を撫でられ、額にかかる髪を撫で上げられ、見つめられて告げられる。

比べられるものなどないと言わんばかりの特別さと、生まれたときから決まっていたかのような自然さを湛《たた》えて真岐はそう言うと、また静かに唇を重ねてくる。

温かで優しいキスは、紡がれた言葉とともに智哉の胸を大きく揺さぶる。

何か言わなければと思うのに、声が出ない。目の奥がじわじわと熱くなって、みるみる視界が滲《にじ》み始める。

恋なんかしないと思っていたのに、愛の言葉なんてもう二度と聞くことはないと思っていたのに。

智哉はそろそろと手を持ち上げると、真岐の腕に触れ、肩に触れ、頬に触れる。

温かだ。

彼の顔はぼやけてよく見えない。でも笑っている気がする。きっと笑っているだろう。嬉しそうに。幸せそうに。自分と同じように。

「僕も、あなたと会えてよかったと思ってます」

智哉は真岐を見上げたまま、心からそう告げた。

「これからもずっと、一緒にいて下さい」

「ああ。もちろんだ」

「どこへ行っても、ちゃんと帰ってきて下さいね」

「帰るさ。どこに行っても、お前のことばっかり考えてるんだぜ。戻ったらあんなことしようこんなことしよう、って」

そう言うと、真岐は悪戯っぽく笑う。智哉は苦笑した。

「なんでそんなにやらしいんですか」

「お前が可愛くて魅力的だからに決まってる。言っとくが、俺がやらしい原因の半分はお前だから――」

憎らしくて、真岐が全部言い終えるより早くその唇に口付ける。

そのまま彼の唇をぺろりと舐《な》めると、その舌にすぐさま彼の舌が絡んできた。

「ん……ん……っ……」

絡み合った舌が、互いの口内を行き来する。自制なんて、もうどこかに消え飛んだ。それどころかもっともっと彼と触れ合いたい。

智哉は真岐の身体を掻き抱くと、より深く彼に口付ける。

「うん……」

そのまま身を捩り、身体を入れ替え彼の上にのしかかると、空いている手で何度となく真岐の身体を辿《たど》る。何も纏《まと》っていない彼の身体。掌《てのひら》に彼の肌の質感が、温《ぬく》もりが、引き締まった筋肉の隆起が伝わってくる。伝わるたびもっと触りたくなって、触るたびもっと好きになった。

されるままになっている真岐の身体を夢中でなぞり、やがて、ちゅっと音を立てて唇を離して、口付けを中断すると、智哉は恋人の顔を見下ろした。

不敵で人を食ったようでいて、にもかかわらず愛嬌があってセクシーで。

(ああ——もう)

智哉は胸の中で観念するようにひとりごちた。

好きだ。

彼を見ていると、彼と一緒にいると、その思いだけで胸の中がいっぱいになる。

「真岐さん」

自然と、声が零れていた。

「ん?」

真岐が器用に片眉だけを軽く上げる。そんな顔も好きだと思いながらもう一度口付けると、智哉はふわりと微笑んだ。

「好きです、真岐さん」

囁きよりももう少しはっきりと、まっすぐに真岐を見つめて言うと、身体がじわりと熱くなった。けれどその熱は羞恥《しゅうち》からじゃない。もっともっと大切で大事でかけがえのない思いからだ。

「愛してます」

続けてそう伝えると、熱は全身に心地好く広がっていく。

そんな智哉の眼前で、真岐がにやりと笑った。

「惚《ほ》れ直したか、俺の昔話を聞いて」

「そうですね。聞けてよかったです。昔から変わらないんですね」

パジャマを脱ぎ落とし、口付けの合間にそう答えながら、智哉はそのキスの場所を次第に下へと移していく。唇から鎖骨に、胸元に、引き締まった腹部に、そして――性器に。

口に含むと、それはすぐさま硬く張りつめていく。嬉しくてさらに丹念に舐めて舌を使うと、真岐の手が髪に絡んだ。撫でられる気持ちよさにうっとりと息をつきながら、喉《のど》の奥まで銜《くわ》え込んでは唇を使って扱くようにしてしゃぶると、真岐の太腿《ふともも》が震えるのがわかる。

「ん……ん……ぅ……ん……」

鼻にかかった声を零しながらそうしていると、自身の性器もまた形を変えていくのがわかる。

思わず手を伸ばしてそこを扱き始めると、「こら」と咎《とが》めるような真岐の声がした。

目だけを上げて様子を窺《うかが》うと、真岐がゆっくりと半身を起こすのが見える。

「そういうことは俺に見えるようにやれよ」

笑いながら彼は言うと、智哉の頬にそっと触れてきた。そこを撫で、まだ真岐のモノを銜えたままの智哉の唇を撫でると、笑みを深める。

「やらしい顔してるな。滅茶苦茶可愛がってやりたくなる顔してるぞ。俺の、しゃぶるのは好きか」

「ええ」

頷くと、真岐は「俺もお前のをしゃぶるのは好きだよ」と笑う。

智哉はそんな真岐を見つめたまま、口淫《こういん》を再開した。音を立てて舐めて、しゃぶって、剥き出しの先端に口付けてはまた喉奥まで深く銜えて舐《ねぶ》ると、覚えのある味が口の中に広がっていく。

その味に煽《あお》られるようにいっそう激しく自身の性器を扱いていると、そんな智哉の様子に興奮したのか口内の肉茎がまたグッと質量を増す。

口いっぱいに拡がる真岐の欲望。けれどもっともっと奥までいっぱいにして欲しい。もっともっと深いところまで彼が欲しい。

智哉は猛《たけ》っている真岐の性器から唇を離すと、ベッドの上に座った格好の真岐に向かい合わせにしがみ付く。

途端、真岐の指が智哉の双丘の奥に触れた。

「ア……っ……」

無防備な窄《すぼ》まりをなぞられたかと思うと、ゆっくりと指が挿し入ってくる。

「あ……う……」

そのまま内壁を揉《も》むようにして抉られ、抜き挿しされると、快感とこれからへの期待に腰がわななく。真岐に抱きついたまま自ら腰を揺すると、指は二本に、三本に増えていく。

「は…ァ……っあァ……ッ」

バラバラに動く指に、執拗に体奥をかき混ぜられる。気持ちがいい。でももっと欲しい。まだ足りない。もっとくっつきたくて強く真岐を抱き締めると、昂っている性器が真岐のそれと擦《こす》れ合う。

「ア……ッ――」

強い快感に、目の奥で火花が散る。高い声を上げて背を撓らせると、その腰をきつく抱き寄せられ、また性器が擦れ合う。

その熱さに目眩《めまい》がするようだ。性器だけじゃない。触れられているところも息も熱く湿り、なのにいっそうの熱と快感を求めて欲望が渦を巻いている。

「真岐さ……僕…もぅ……」

真岐の首筋に顔を埋め、ねだるように彼の背に爪を立てると、耳朶を舐っていた彼の唇が「そうだな」と低く囁く。

指が抜き出されかと思うと、改めて大きく双丘を割られ、逞《たくま》しい肉が押し当てられる。期待に息を呑んだ次の瞬間、それはグッと中に入ってきた。

「ぁあ……っ……」

待ちわびた充足感と快感に、熱い息が零れる。内壁を押し広げながら入ってくるそれは、直前までよりもさらに硬く大きく熱くなっている。下から突き上げられているせいか、喉の奥までいっぱいにされているかのような感覚だ。

夢中で真岐に口付けると、抱き寄せられ、激しく舌を絡められる。

「ん…っ…ん、ん、んんっ――」

動かれ始めると、快感はますます大きく深くなっていく。自ら腰をくねらせ欲望を追うと、真岐が低く呻いた声がした。

彼の額にも、汗が滲んでいる。口付けると、喉元に口付け返された。

空いている手で胸の突起を弄《いじ》られ、そのたび高い声が迸る。気持ちの良さに、身体が内側から溶けてしまいそうだ。粘膜が擦れ合う音がするたび、慄くほどの淫楽が背筋を突き抜け、頭の芯まで痺れていく。

「ぁ……っァ…真岐さ……真岐さん……っ」

「智哉――」

「真岐さ…すき…好きです……っ……」

「俺もだ。愛してる、智哉」

荒い息を混ぜ合い想いを伝え合いながら互いを求めていると、全身から彼への愛が吹き出す気がする。

激しく突き上げられ、抉られ、掻き混ぜられ、身体がばらばらになりそうだ。しがみ付いていないと、どこかへ飛んでいってしまいそうな気がして怖い。目の前の身体にむしゃぶりついて口付けると、口付け返されてきつく抱き締められる。

「智哉……っ……」

くぐもった真岐の声が耳を掠める。その艶めかしさに背が慄く。彼が好きだ。その激しさも大胆さも優しさも朗らかさも何もかも。会えてよかったのはこっちの方だ。言葉にしただけじゃ足りないぐらい、何度こうして身体を繋いでも足りないぐらいそう思っている。彼と会えてよかったと思っている。

「真岐さ…ぁ……ッ……！」

「いきそうならいけよ。我慢すんな」

「っ…真岐さ…真岐さんも…一緒に……っ」

逞しい腕に抱き締められて揺さぶられ、目の奥で白い光が瞬く。それでも一人だけ達するのは嫌でそうねだると、真岐の律動が激しさを増す。立て続けに深く穿たれ、そのたびに大きく背が撓る。滲んだ涙に口付けられ、愛してると繰り返されると、快感と嬉しさに頭の中が真っ白になって何も考えられなくなる。

やがて、二度、三度、四度、と続けざまに奥まで突き上げられた次の瞬間。

「ァ……あァ……っ――！」

智哉は真岐の背を掻き抱きながら、熱いものを噴き上げていた。ビク、ビクと腰が震える。心臓の音と呼吸の音だけが耳の奥で響いて何も聞こえなくなる。腰を強く引き寄せられた直後、体奥で熱いものが弾《はじ》けた。

「っ……」

真岐の肩に頭を預けたまま全身で息をしていると、その頭を優しく抱かれ、撫でられる。彼の息もまだ乱れている。顔を上げると、疲れたような幸せそうな顔をしている真岐と視線が絡む。

「お前…激しいなぁ……」

そうしたまま、真岐は苦笑気味に言うと、くしゃしくゃと智哉の髪を撫でる。されるままになりながら、真岐を見つめ、「嫌いですか？」と口の端を上げて尋ねると、

「まさか」

と、真岐はにっと笑う。

「そういうところも好きなんだよ。俺はどんなお前でも愛してるよ」

そして智哉を見つめたまま甘く微笑んでそう言うと、頬に、額に口付けを落としてくる。

羽根が触れるようなキスの心地よさにうっとりと息をつき、

「僕も、いつもあなたのことを愛してます。またあなたの話を聞かせて下さい。いろんな話を。もっともっと——真岐さんのことを知りたいので」

智哉が微笑んでそう返すと、真岐の笑みはいっそう深くなる。

「まかせとけ。時間はたっぷりあるからな」

抱き締められ、笑顔とともに告げられた言葉はこれからもずっと続く二人の未来を示す明るいものだ。智哉はこの上ない幸せを感じながら真岐を抱き締め返すと、優しい口付けに口付けで応え、広い胸に静かに身を委ねていった。

END

あとがき

こんにちは、もしくははじめまして。桂生青依です。

このたびは本書をご覧下さいまして、ありがとうございました。

表題作の「摩天楼の夜」は、コラボ企画であるマルコイ――「丸の内の最上階で恋したら」の第三作目として雑誌掲載されたものでした。

この作品は、コラボ企画のお話を伺ったときから、執筆をとてもとても楽しみにしていたのですが、それと同時に、ラストのカップルを書かせて頂くということで、非常に緊張した一作でもありました。

なにしろ、他の先生の書かれたキャラクターを自分の作中に登場させるということは、こうしたコラボ企画の機会でもなければまずないことですから、真岐と智哉の恋を紡ぎつつ、個性的で魅力的な他のキャラクターたちも描くという初めての経験に、いつになくドキドキでした。

とはいえ、もちろん緊張しただけではなく、嬉しいこともわくわくすることもたくさんありました。

なんといっても、舞台が丸の内のシェアハウス！

もう「丸の内のシェアハウス」というだけで「おお……」と萌えの芽があちこちから顔を出す

ぐらい興奮してしまうのに、その上、どのキャラクターも素敵で、そんなキャラクターたちを自分の作品に盛り込むことができるという贅沢な体験は、この企画でなければ実現できなかったことだと思っています。

こうした今までにない試みをさせて頂いたことで、これまで書いてきた作品たちとはまたひと味違ったものを作ることができたと思っていますし、その、ひと味違ったこの作品は、わたしにとってとても愛しいものになりました。

書き手の一人としても、また読者の一人としても印象に残るマルコイを、皆様にも楽しんで頂ければ何よりです。

書き下ろしでは、このシェアハウスのヌシである真岐の過去について書きました。もちろん、彼と智哉との、甘いシーンもたっぷりです。

過去から現在へ、そして未来へ。

丸の内にあるシェアハウスで、彼らはきっと今日も恋しているでしょう。

そして今回、数々の素敵なイラストを描いて下さった小禄先生には、心からお礼申し上げます。

大胆で豪快で包容力を感じさせて…という真岐や、気の強さとパティシエらしい繊細さを併せ持つ智哉の、イメージぴったり以上のイラストの素晴らしさはもちろんのこと、どのキャラクターも彼らしく、ラフを拝見したときから大興奮でした。ちびキャラたちも、メレンゲやザラメの可愛らしさもたまりません。

本当にありがとうございました。

また、いつも的確で丁寧なアドバイスを下さる担当様、及び、本書に関わって下さった皆様、今回の企画に関わって下さった皆様にもこの場を借りてお礼申し上げます。

ありがとうございます。

そして何より、いつも応援下さる皆様。本当にありがとうございます。

今後も皆様に楽しんで頂けるものを書き続けていきたいと思いますので、引き続き、どうぞよろしくお願い致します。

読んで下さった皆様に感謝を込めて。

桂生青依　拝

◆初出一覧◆
丸の内の最上階で恋したら 摩天楼の夜　／小説ビーボーイ(2016年春号)掲載
※単行本収録にあたり「丸の内の最上階で恋したら　Room.3」から改題しました。
それはあなたに逢うための　／書き下ろし

ビーボーイノベルズをお買い上げいただきありがとうございます。
この本を読んでのご意見・ご感想をお待ちしております。

〒162-0825 東京都新宿区神楽坂6-46
ローベル神楽坂ビル5F
株式会社リブレ内 編集部

リブレ公式サイトでは、アンケートを受け付けております。
サイトにアクセスし、TOPページの「アンケート」から該当アンケートを選択してください。
ご協力をお待ちしております。

リブレ公式サイト http://libre-inc.co.jp

BBN B•BOY NOVELS

丸の内の最上階で恋したら 摩天楼の夜

2016年8月20日 第1刷発行

著者――桂生青依

発行者――太田歳子

発行所――株式会社リブレ
〒162-0825
東京都新宿区神楽坂6-46ローベル神楽坂ビル
営業 電話03(3235)7405 FAX03(3235)0342
編集 電話03(3235)0317

印刷所――株式会社光邦

定価はカバーに明記してあります。
乱丁・落丁本はおとりかえいたします。

この書籍の用紙は全て日本製紙株式会社の製品を使用しております。

Printed in Japan
ISBN 978-4-7997-3033-1